奎文萃珍

歷朝名媛詩詞

上册

[清] 陸昶 評選

文物出版社

圖書在版編目（CIP）數據

歷朝名媛詩詞 / (清) 陸昶評選. -- 北京 : 文物出版社, 2022.7
（奎文萃珍 / 鄧占平主編）
ISBN 978-7-5010-7366-5

Ⅰ. ①歷… Ⅱ. ①陸… Ⅲ. ①詩詞－作品集－中國－古代 Ⅳ. ①I222

中國版本圖書館CIP數據核字(2022)第010424號

奎文萃珍
歷朝名媛詩詞 〔清〕陸昶 評選

主　　編：鄧占平
策　　劃：尚論聰　楊麗麗
責任編輯：李子裔
責任印製：王　芳

出版發行：文物出版社
社　　址：北京市東直門内北小街2號樓
郵　　編：100007
網　　址：http://www.wenwu.com
郵　　箱：web@wenwu.com
經　　銷：新華書店
印　　刷：藝堂印刷（天津）有限公司
開　　本：710mm × 1000mm　1/16
印　　張：40.25
版　　次：2022年7月第1版
印　　次：2022年7月第1次印刷
書　　號：ISBN 978-7-5010-7366-5
定　　價：240.00圓（全二册）

序言

《歷朝名媛詩詞》十二卷，清乾隆間陸昶評選。該書是一部歷代女性詩詞選本。《清史稿·藝文志》著録爲《紅樹樓名媛詩選》。

陸昶，字重光，號梅垞，江蘇吴縣（今蘇州）人。諸生。有《紅樹樓詩集》傳世。其妻李孅，亦能詩，有《琴好樓小制》。

全書十二卷，以詩爲主，兼及詩餘，共收録唐山夫人、王嬙、蔡琰、魚玄機、薛濤、李清照等兩百餘位名媛的詩詞。前十卷爲詩選，選録自漢至元詩作六百三十一首；第十一卷爲詞選，選録自隋至元詞作六十七首；第十二卷附録鬼仙詩詞，不叙年代，務使才女身後幽冥之作不至泯没無聞。

卷前有凡例十二則，説明此集編選之制。詩詞之前先列小傳，小傳末附綴評語，小傳之前間繪小像。詩詞編選體例清晰，以詩存人，不以人存詩，寧簡無繁，少則一首，多至十餘首。小傳簡介人物姓氏里居、生平遭際行事，多寓勸懲之道。小傳後的評語，以總評的形式評點詩詞創作，重視詩歌的整體格局。小傳前的名媛綉像共有五十七幅，插圖仿照《無雙譜》之例，綫條流利，鎸刻纖麗工致，人物或站或坐，以静態爲主，盡顯女性靈秀之姿。

所選詩歌，以漢高祖之姬唐山夫人《安世房中歌》爲首，凡例稱：『盛朝妃匹，著作宏麗，《房中》諸首，卓然母音，取以冠冕斯集。』傳後評語稱：『文字質古，開漢人之先而出于夫人，盛朝雅化，乃由内而及外歟！』全書編選思想明確，以詩教爲宗，重申作詩規範，此書也成爲閨閣女子詩詞創作的學習範本。

此書初刻爲清乾隆三十八年（一七七三）陸氏紅樹樓刻本，另有宣統三年（一九一一）上海掃葉山房石印本。此據乾隆初刻本影印。

編者

二〇二一年四月

乾隆癸巳新鐫

歷朝名媛詩詞

紅樹樓藏板

歷朝名媛詩詞序

自有詩歌以來而名媛之作恒並列焉顧選家之錄之者則甚尠故殷淳有婦人集久不傳玉臺新詠雖多名媛詩要非專

選也惟前明竟陵鍾氏之名媛詩歸及國初王西樵考功然脂集斯爲古選矣詩歸古趣詭僻固不饜於人心而然脂集未經流播藝林以爲缺焉吾

友汪君訒菴輯　本朝
名媛詩〻既裒然成帙矣
陸子梅垞復取自漢迄元
名媛〻〻作選爲一集系
以小傳〻尾略加品騭上下
二千年閨幨佳製蒐採

靡遺而以詩存人不以人
存詩之苟足存北里亦收
而僊鬼荒幻則付之闕
如名媛方選此為最精矣
蓋嘗論之性情之際男女
妃匹之地此人道之所由

始而倫紀之密切者也風化基焉政治出焉禮樂肇焉、是以古之聖人重之詩書所載於茲特詳蓋其始不越乎閨房兒女子之言而其終足以及乎動天

地感鬼神之效是故關雎
之什用之鄉人用之邦國
此物此志也彼玉塵香奩
殆不免麗以淫矣若陸子
之所錄柳何其麗以則
也陸子以盛年鉅筆擅

名詞塲久矣清芬鴻藻散
落人間者固已照映一世
極其才之所至足之鼓吹
休明潤色鴻業金鐘大鏞
奏諸郊廟張子賓優為之
乃浮湛諸生中尚未獲大

展其所蘊貼耶夫房中之
曲僅〻用之鄉人邦國者
而裁剔焉要亦不可謂非
鼓吹潤色之一助也他日
者排金門上玉堂撰芝房
寶鼎之歌擬白麟奇木

之對要皆從其性情之正而流露焉予雖老鈍尚思濡筆以俟之

乾隆癸巳四月既望進士及第通奉大夫光祿卿前史官友人西莊王鳴盛撰

粵自琁宮一咏慧肇皇娥葛覃三章嶶傳周室漢祖五言之什唐工七字之篇秋風團扇之辭班姬茹嘆明鏡寶釵之句徐淑織慈嗣後十六篇則賦詞書論居多才情風發十八拍則樂府古歌之亞藻采葩添固已脂粉簡編丹青誌傳矣沿及魏晉代有其人左芬高步于洛京令嫺雄視於江左上官則李唐翹楚清照則趙宋大巫明珠大貝之珍遺金不少

木難珊瑚之甄元代爲多亦述度比貢卷
清辭苑精思纏紅豆短調悠揚辭登
群玉之林奇難盡賞如入衆香之國美
不勝收是在廣爲搜羅不留麟角之
恨更貴精于別擇彬貽貝魚目之譏則彙
之者所係非輕而選之者所關最要矣
迺自殷湄婦人之集簡刪失傳爭穆玉
臺之編篇章不一鍾景陵詩歸彙選
鍾子秋並載而旨趣誤人王孝功然脂

標題固衆製畫仅而剞劂未付欲存香
艷之要實惟大雅之才吾友陸君梅垞
三吳才子四姓名家文思雕華指揮
無雙之譽詩才錦采久揚第一之奪金
馬未登仍寄品評之意瀛洲當阻聊將
纂述之心破一燈閒館之工夫作千古名媛
之知己採萬卷而來蜜豈惟人月復清
集衆腋以爲裘不減天衣無縫斯閨襜
之盛業亦藝苑之大觀也余與東治程君

时溁商搉三人莫逆甘居貂尾之评一艸
雜成颇受牛心之赏委以参辩敬步後
塵書諸卷端用呈同好秋厓宋思巖拜
撰并書

温柔敦厚詩之教也其係於人心風俗者大矣葩經一編立千百世詩教之極首列二南明后妃之賢繼之以十五國風多載婦女之什如關雎葛覃卷耳芣苢褰裳蔓草諸篇貞淫不掩以爲勸戒聖人於此蓋三致意焉溯漢以前陶母黃鵠采葛婦之作皆原本詩教詞意悱惻其後風流不古雅南日遠率多留情燕昵務爲妍悦貞靜

之風邈焉而才人髙士無不從風而靡玉臺香奩淪肌浹髓聲韻之弊流極既衰所謂温柔敦厚之教蕩然無存誰為挽其頹波哉從前鉅公采輯成帙意在備載諸什而漫無别擇風尚愈乖欲求清課竟無善本余竊懼焉際今

聖世右文正詩教昌明之會山陬海澨咸事吟詠然三百篇之微意猶患其昧没於諸

選本之中因不揣固陋往復淘汰以竊附經義之餘如班姬之詠扇深於怨也忠也谷風之義也木蘭之從軍傷於亂也孝也小戎之遺也爰自炎漢迄於遼元汰其六七存其二三卷帙弗多足備諷誦而其間貞淫雜見未可盡廢重為詮定其事辭庶幾耽玩之下一歸於無邪之旨云爾余外舅李漫翁先生集詩壇老宿因以質之先生

曰温柔爲國風之原敦厚爲雅頌之本善讀者當有會心焉是編也出以問世固詩教之一助也迺付剞氏而書數語于卷端

旹

乾隆歲次癸巳八月既望吳門陸杲梅垞題於胥浦之紅豔詩樓

通志藝文載婦人詩集二卷顏竣集又三十卷殷淳集瑤池新咏三卷唐蔡省風集唐婦人所作香閨標格代有其人論者遂謂國風十五半皆女子之詩以至漢之安世蜀之花蕊注、艷情逸韻邁跡文人此又言之者之過矣吾友梅墀選

歷朝名媛詩詞自漢迄遼元蒐
羅富决擇精寧簡勿繁寧嚴勿
濫析衷諸李湯翁先生而定湯
翁其樂丈之詩得律梁人比之
謝師厚黃山谷昔亘史錄江進
之閨秀詩評起自班姬終於女
妝明劉士鏻謂之形管董狐選
入文鼓是編有過之無不及他

日載入藝文流傳後來當不第

如鍾竟陵之詩歸王西樵之燃

脂也因樂得而序之同學愚弟

東治程瑛拜書

凡例

一是選自漢代始亦斷自唐虞之例也秦火後漢江游女之風杳然間有歌吟率多質奧不易擷摹均置不錄

一是選始於唐山夫人盛朝妃匹著作宏麗房中諸首卓然元音取以冠冕斯集

一是選於詩詞前先列小傳俾讀者瞭然于姓氏里居其遭際之亨否行事之薰蕕亦畧見之勸懲之道或有合焉

一是選寧刻無恕寧簡無繁務使深閨才子迴出塵表披是集者讀曲知工興起當更有人

一是選于小傳末畧綴評語令女郎手口之妙如見如聞能玩味之則妝臺新咏一字千金矣

一是選以詩存人不以人存詩一首一句之美即出自烟花亦為拈出畧寓憐才之意

一是選于流傳仙女唱酬之什槩從刻削琪花瑤草翻覺塵俗且荒邈之詞情無附麗吟咏之道當不取此

一是選小傳前間繪小像使絕代佳人靈秀之姿
微留影似讀者如挹其芬芳亦香奩之勝事也

一是選詩詞行間俱用圈點令人眼目醒快酒闌
燈燼時易於觀覽

一是選詩卷後並錄詩餘知閨閣才人能事多矣
抑揚聲調不減南唐遺韻亦復可歌可咏

一是選并錄才女身後幽冥之作每多絕調未容
湮沒集于末卷

一是選迄於遼元未及勝國以作者甚夥唯恐有挂一漏萬之憾蕆續集另刊然後備登

紅樹樓識

歷朝名媛詩詞

吳門陸昶梅垞評選

同學　程琰東冶　朱思敬秋厓　閲定

目録

詩　自漢至元

各集選六百三十一首

詞　自隋至元

各集選六十七首

第一卷

漢

第二卷

魏

晉

左貴嬪　謝道韞　桃葉

綠珠　翔風　謝芳姿

李夫人　子夜

宋

鮑令暉　青溪小姑

梁

劉令嫻　王金珠　沈滿願

吳興伎童

第五卷

杜羔妻趙氏　魏氏妹

夷陵女子　姚月華　光威裒

李冶　魚元機　裴柔之

龍城貴主　程長文　王韞秀

張窈窕　愼三史　葛鵶兒

長孫佐輔妻　陳玉蘭

劉元載妻　裴羽仙　張琰

梁瓊　田娥　李弄玉

劉雲　劉瑶

第六卷

第七卷

紅綃　卓英英　趙鸞鸞

薛仙姬　韓僕射姬　葛氏女

太原女　武昌女　徐太妃

徐太后　花蕊夫人　周仲美

任氏女　黃崇嘏　蓮花女

海印

宋

韓玉父　李淸照

第八卷

第九卷

遼后

元

劉宜　龍游何節婦

清風王節婦　鄭允端

龍泉萬節婦

第十卷

嬌紅　管夫人　梅花尼

佘季女　韓鴝兒　阿襤主

孫蕙蘭　鄭奎妻　韓孃

第十一卷

隋

元

魏夫人　李清照　吳淑姬

阮逸女　幼卿　朱淑真

蔣興佐女　鄭意娘　陸放翁妾

孫道絢　孫夫人　美奴

慕容嵓卿妻　王清惠

徐君寶妻　金德淑　琴操

聶勝瓊　蜀中妓　玉英

戴石屏妻　陳鳳儀　劉燕哥

章麗真　袁正真　管道昇

歷代名媛詩詞目錄終

唐山夫人

歷朝名媛詩詞卷一

漢

唐山夫人

周有房中之樂所以歌詠后妃之德秦始皇改曰壽人使禱祠於房中者漢房中樂詩高祖唐山夫人作孝惠時使樂府令備諸簫管更名安世樂至魏文帝言其無有二南風化之旨改爲享神曲云○觀其始二首房中之音也以下都頌上德薦郊廟詩有唱有歎似

箴似銘誄不一類十六首或非一時之作文

字質古開漢人之先而出於夫人盛朝雅化

乃由內而及外歟

安世房中歌

大孝備矣休德昭清高張四縣樂充宮庭芬樹羽

林雲景杳冥金支秀華庶旄翠旌

七始華始肅倡和聲神來晏娭庶幾是聽粥粥音

送細齊人情忽乘青元熙事備成清思眑眑經緯

冥冥

我定歷數人告其心敕身齊戒施教申申乃立祖
廟敬明尊親大矣孝熙四極爰臻
王侯秉德其隣翼翼顯明昭式清明鬯矣皇帝孝
矣竟全大功撫安四極
海內有姦紛亂東北詔撫成師武臣承德行樂交
逆簫勺羣慝肅爲濟哉蓋定燕國
大海蕩蕩水所歸高賢愉愉民所懷太行崔百卉
殖民何貴貴有德
安其所樂終產樂終產世繼緒飛龍秋遊上天高

賢愉樂民人
豐草葽女蘿施善何如誰能回大莫大成教德長
莫長被無極
雷震震電耀耀明德鄉治本約治本約澤宏大加
被寵咸相保德施大世曼壽
窅窊桂華都荔遂芳孝奏天儀若日月光椉元四
龍回馳北行羽旄殷甚芬哉芒芒孝道隨世我署
文章
馮馮翼翼承天之則吾易久遠燭明四極慈惠所

愛美若休德杳杳冥冥克綽永福
磑磑卽卽師象山則嗚呼孝哉案撫戎國蠻夷竭
歡象來致福兼臨是愛終無兵革
嘉薦芳矣告靈饗矣告靈既饗德音孔臧惟德之
臧建侯之常承保天休令聞不忘
皇皇鴻明蕩侯休德嘉承天和伊樂厥福在樂不
荒惟民之則浚則師德下民咸殖令問在舊孔容
翼翼
孔容之常承帝之明下民之樂子孫保光承順溫

民受帝之光嘉薦令芳壽考不忘

承帝明德師象山則雲施稱民永受厥福承容之

常承帝之明下民安樂受福無疆

虞姬

虞姬

楚項羽姬也羽困於垓下聞楚歌聲起飲帳中慷慨悲歌曰力拔山兮氣蓋世時不利兮騅不逝騅不逝兮可奈何虞兮虞兮奈若何姬和之○其曰大王意氣盡賤妾何聊生二語繁對虞兮虞兮句一唱一答聲淚俱咽

和垓下歌

漢兵已畧地四面楚歌聲大王意氣盡賤妾何聊生○

王嫱

王嫱

字昭君端靜閑麗年十七八備元帝後宮帝嘗命畫工各圖形貌按圖召幸宮人爭賂畫者昭君獨不與工匿其美後匈奴求閼氏帝檢圖以賜及昭君入辭光彩異常帝爲悚動將方重信外國不能易昭君既去上書於帝中有云失意丹青遠竄異域國家黜陟移於賤工等語帝乃窮按其事畫工杜陵毛延壽棄市昭君在胡爲悲思之歌云云。詩辭猶

是三百篇之遺音而能自出機杼語氣矯激聲情絶至

怨詩

秋木萋萋其葉萎黃有鳥處山集於苞桑養育毛羽形容生光既得升雲上游曲房離宮絶曠身體摧藏志念抑沉不得頡頏雖得委食心有徊徨我獨伊何來往變常翩翩之燕遠集西羌高山峩峩河水泱泱父兮母兮道里悠長嗚呼哀哉我心慟傷

班婕妤

班婕妤

司空掾班彪之姑少有才學成帝選入宮為婕妤後趙飛燕姊妹交譖之婕妤恐久見危求供奉太后於長信宮嘗作自悼賦及紈扇詩以自傷。聲曰怨慕而不露止在抑揚之間晉左貴嬪稱其恭讓謙虛可謂知已

怨詩

新裂齊紈素皎潔如霜雪裁成合歡扇團團似明月出入君懷袖動搖微風發常恐秋節至涼飈敗

炎熱棄捐篋笥中恩情中道絕

趙飛燕

趙飛燕

長安民家女能內觀還童之術入陽和主家成帝召拜婕妤有寵尋冊爲后帝未有嗣后欲得子嘗用小犢車載少年子入內帝疑寖踈之爲歸風送遠操○高觀濶步不似女子口角善於擬古

歸風送遠操

凉風起兮天隕霜懷君子兮渺難忘感予心兮多慨慷

羅敷

羅敷

舊說邯鄲女子姓秦名羅敷邑人王仁妻爲趙王家令羅敷採桑陌上王登臺見而悅之欲奪焉羅敷作歌以自明。按歌所云乃爲使君所邀與舊說不同此詩或他人作以嘆美羅敷者如行者捋鬚少年脫帽來歸怨怒等語豈是羅敷自爲耶其後半首之盛誇其夫亦近於愚婦人語未必爲羅敷作也而詩自磊落古峭甚佳

陌上桑

日出東南隅照我秦氏樓秦氏有好女自名爲羅敷羅敷善蠶桑採桑城南隅青絲爲籠係桂枝爲籠鉤頭上倭墮髻耳中明月珠緗綺爲下裙紫綺爲上襦行者見羅敷下擔捋髭鬚少年見羅敷脫帽著帩頭耕者忘其犂鋤者忘其鋤來歸相怨怒但坐觀羅敷使君從南來五馬立踟躕使君遣吏往問是誰家姝秦氏有好女自名爲羅敷羅敷年幾何二十尚不足十五頗有餘使君謝羅敷寧可

共載不羅敷前致辭使君一何愚使君自有婦羅敷自有夫東方千餘騎夫壻居上頭何用識夫壻白馬從驪駒青絲繫馬尾黄金絡馬頭腰中鹿盧劍可值千萬餘十五府小史二十朝大夫三十侍中郎四十專城居爲人潔白晳鬑鬑頗有鬚盈盈公府步冉冉府中趨坐中數千人皆言夫壻殊

蘇伯玉妻

伯玉久客于蜀不歸其妻居長安思而作詩寫于盤中屈曲成文名盤中詩。盤中之詩

奇想奇文妙絕今古然盤中迴環屈曲之妙婦人聰慧細心或能爲之至于詞氣之宕逸疎快一氣十轉筆有靈機千古文人無此妙作

盤中詩

山樹高鳥鳴悲泉水深鯉魚肥空倉雀常苦饑吏
人婦會夫稀出門望見白衣謂當是而更非還入
門中心悲北上堂西入階急機絞杼聲催長嘆息
當語誰君有行妾念之出有日還無期結巾帶長

相思君忘妾未知之妾忘君罪當治妾有行宜知之黃者金白者玉高者山下者谷姓者蘇字伯玉人才多知謀足家居長安身在蜀何惜馬蹄歸不數羊肉千觔酒百斛令君馬肥麥與粟今時人知四足與其書不能讀當從中央周四角

竇元妻

竇元字叔高平陵人上以公主妻之故妻遂爲棄婦作書寄元有妾日以遠彼日以親衣不厭新人不厭故悲不可忍怨不可去之語

而爲之歌云云○短短四語聲情何限首二句直是三百篇中語

古怨歌

煢煢白兎東走西顧衣不如新人不如故

卓文君

卓文君

臨邛富人卓王孫女容色姣好年十七而寡善彈琴成都司馬相如遊于邛以令貴客飲王孫家文君窺而悅焉以琴挑之夜與相如馳歸成都後相如將聘茂陵人女爲妾文君賦白頭吟絕之○二詩風流蘊藉仍自音節古峭非文君不能爲其誄詞一章詞氣平熟不似出文君手故不錄

白頭吟

皚如山上雪皎若雲間月聞君有兩意故來相決絕生平共城中何嘗斗酒會今日斗酒會明旦溝水頭躞蹀御溝上溝水東西流郭東亦有樵郭西亦有樵兩樵相推與無親爲誰驕凄凄復凄凄嫁娶不須啼願得一心人白頭不相離

竹竿何嫋嫋魚尾何簁簁男兒重意氣何用錢刀爲戲如馬噉萁川上高士嬉今日相對樂延年萬歲期

徐淑

隴西秦嘉字士會之妻嘉爲郡上掾淑病不能從嘉以詩贈别復寄淑書以明鏡寶釵芳香素琴贈焉淑作書并詩答之○鍾參軍詩品云漢爲五言者不過數家而婦人居其二淑之作無減于紈扇矣今觀其贈答二詩情理備至詞氣溫雅在漢詩中似稍薄然而閨房之作無取高古也

答秦嘉

妾身兮不令。嬰疾兮來歸。沈滯兮家門歷時兮不

差曠廢兮侍覲情敬兮有違君令兮奉命迢遞兮
京師悠悠兮離別無因兮敘懷瞻望兮踴躍佇立
兮徘徊思君兮感結夢想兮容暉君發兮引邁去
我兮日乖恨無兮羽翼高飛兮相追長吟兮永歎
淚下兮沾衣

蔡琰

蔡邕女字文姬博學才辨善鼓琴爲離鸞別鵠之操漢末胡虜入中原文姬被擄左賢王以爲后春月感笳之音作歌言志在胡十二年生二子魏武帝憫邕無嗣遣使以金帛贖回嫁爲陳留董祀妻○十八拍慷慨悲歌聲情激越第所敘前後情事自去胡至歸漢苑曲備具不盡拍笳歌也或文姬始製幾首而好事者衍之遂有十八拍云至悲憤詩痛憤

董卓若不知其父之始末者而篇中多複沓拍中語欠佳特以相傳已久遽難刪置耳

胡笳十八拍

我生之初尚無爲。我生之後漢祚衰。天不仁兮降亂離。地不仁兮使我逢此時。干戈日尋兮道路危。民卒流亡兮共哀悲。烟塵蔽野兮胡虜盛。志意乖兮節義虧。對殊俗兮非我宜。遭惡辱兮當告誰。笳一會兮琴一拍。心憤怨兮無人知。

戎羯逼我兮爲室家。將我行兮向天涯。雲山萬重

兮歸路遐。疾風千里兮揚塵沙。人多暴猛兮如虺
蛇。控弦被甲兮爲驕奢。兩拍張絃兮絃欲絶。志摧
心折兮自悲嗟。
越漢國兮入胡城。亡家失身兮不如無生。氈裘爲
裳兮骨肉震驚。羯羶爲味兮枉遏我情。鞞鼓喧兮
從夜達明。胡風浩浩兮暗塞營。傷今感昔兮三拍
成。銜悲畜恨兮何時平。
無日無夜兮不思我鄉土。稟氣含生兮莫過我苦。
天災國亂人無主。唯我命薄兮殁戎虜。殊俗心異

兮身難處。嗜慾不同誰可與語。尋思涉歷兮多艱
阻。四拍成兮益悽楚。
鴈南征兮欲寄邊聲。鴈北歸兮欲得漢音。鴈高飛
兮渺難尋空斷腸兮思愔愔。攢眉向月兮撫雅琴。
五拍泠泠兮意彌深。
冰霜凜凜兮身苦寒。饑對肉酪兮不能餐。夜聞隴
水兮聲嗚咽。朝見長城兮路杳漫。追思往日兮行
李艱。六拍悲來兮欲罷彈。
日暮風悲兮邊聲四起。不知愁心兮說向誰是。原

埜蕭條兮烽戍萬里。俗賤老弱兮少壯爲美。逐有水草兮安家葺壘。牛羊滿埜兮聚如蜂蟻。草盡水竭兮羊馬皆徙。七拍流恨兮惡居於此。

爲天有眼兮何不見我獨漂流。爲神有靈兮何獨處我天南北海頭。我不負天兮天何使我殊配儔。我不負神兮神何殛我越荒州。製斯八拍兮擬俳優。何知曲成兮心轉愁。

天無涯兮地無邊。我心愁兮亦復然。人生倏忽如白駒之過隙。愁不得歡樂兮當我之盛年。怨兮欲問天天蒼蒼兮上無緣。舉頭仰望兮空雲烟。九拍懷情兮誰與傳。城頭烽烟不曾滅。疆場征戰何時歇。殺氣朝朝衝塞門。胡風夜夜吹邊月。故鄉隔兮音塵絶。哭無聲兮氣將咽。一生辛苦緣離別。十拍悲深兮淚成血。我非貪生而惡死。不能捐身兮心有以。生仍冀得兮歸桑梓。死當埋骨長已矣。日居月諸兮在戎壘。胡人寵我兮有二子。鞠之育之兮不羞恥。愍之念之兮生長邊鄙。十有一拍兮因兹哀起。響纏綿兮徹心髓。

東風應律兮暖氣多。知是漢家天子兮布陽和。羌

虜舞蹈兮共謳歌。兩國交懽兮罷兵戈。忽遇漢使

兮稱近臣。詔遣千金贖妾身。喜得生還兮逢聖君。

嗟别稚子兮會無因。十有二拍兮哀樂均。去住兩

情兮難具陳。

不謂殘生兮却得旋歸。撫抱胡兒兮泣下沾衣。漢

使迎我兮四牡騑騑。胡兒號兮誰得知。與我生死

兮逢此時。愁爲子兮日無光輝。焉得羽翼兮將汝

歸一步一遠兮足難移魂銷影絕兮恩愛遺十有
三拍兮絃急調悲肝腸攪刺兮人莫我知
身歸國兮兒莫之隨心懸懸兮常如饑四時萬物
兮有盛衰唯有愁苦兮不暫移山高地闊兮見汝
無期更深夜闌兮夢汝來斯夢中執手兮一喜一
悲覺後痛吾心兮無休歇時十有四拍兮涕淚交
垂河水東兮心是思
十五拍兮節調促氣填胸兮誰識曲處穹廬兮偶
殊俗願得歸來兮天從欲再還漢國兮歡心足心

有懷兮愁轉深。日月無私兮曾不照臨。子母兮離兮意難任。同天隔越兮如商參。生死不相知兮何處尋。

十六拍兮思茫茫。我與兒兮各一方。日東月西兮徒相望。不得相隨兮空斷腸。對萱草兮憂不忘。彈鳴琴兮情何傷。今別子兮歸故鄉。舊怨平兮新怨長。泣血仰嘆兮訴蒼蒼。胡為生兮獨罹此殃。

十七拍兮心鼻酸。關山阻修兮行路難。去時懷土兮心無緒。來時別兒兮思漫漫。塞上黄蒿兮枝枯葉乾沙塲白骨兮刀痕箭瘢風霜凜凜兮春夏寒。
人馬饑尫兮筋力單豈知重得兮入長安歎息欲
絶淚闌干。
胡笳本自出胡中緣琴翻出音律同十八拍兮曲
雖終響有餘兮思無窮是知絲竹微妙兮均造化
之功哀樂各隨人心兮有變則通胡與漢兮異域
殊風天與地兮子西母東若我怨氣兮浩於長空。
六合雖廣兮受之應不容。

悲憤詩

漢季失權柄。董卓亂天常。志欲圖篡弑。先害諸賢良。逼迫遷舊邦。擁主以自彊。海內興義師。欲共討不祥。卓衆來東下。金甲耀日光。平土人脆弱。來兵皆胡羌。獵野圍城邑。所向悉破亡。斬截無孑遺。尸骸相拒撐。馬邊懸人頭。馬後載婦女。長驅西入關。迥路險且阻。還顧邈冥冥。肝脾為爛腐。所略有萬計。不得令屯聚。或有骨肉俱。欲言不敢語。失意幾微間。輒言斃降虜。要當以亭刃。我曹不活汝。豈復惜性命。不堪其詈罵。或便加捶杖。毒痛參并下。旦則號泣行夜則悲吟坐欲死不能得欲生無一可彼蒼者何辜乃遭此戹禍邊荒與華異人俗少義理處所得霜雪胡風春夏起翩翩吹我衣肅肅入我耳感時念父母哀歎無窮已有客從外來聞之常歡喜迎問其消息輒復非鄉里邂逅徼時願骨肉來迎已已得自解免當復棄兒子天屬綴人心念別無會朞存亡永乖隔不忍與之辭兒前抱我頸問母欲何之人言母當去豈復有還時阿母常仁惻今何更不慈我尚未成人奈何不顧思見此

崩五內。恍惚生狂癡。號泣手撫摩。當發復回疑。兼
有同時輩。相送告離別。慕我獨得歸。哀叫聲摧裂。
馬爲立踟蹰。車爲不轉轍。觀者皆歔欷。行路亦嗚
咽。去去割情戀。遄征日遐邁。悠悠三千里。何時復
交會。念我出腹子。胸臆爲摧敗。既至家人盡。又復
無中外。城郭爲山林。庭宇生荊艾。白骨不知誰。從
橫莫覆蓋。出門無人聲。豺狼號且吠。煢煢對孤景。
怛咤糜肝肺。登高遠眺望。魂神復忽逝。奄若壽命
盡。旁人相寬大。爲復彊視息。雖生何聊賴。託命於

新人竭心自勗勵流離成鄙賤常恐復捐廢人生
幾何時懷憂終年歲
嗟薄祜兮遭世患宗族殄兮門戶單身執略兮入
西關歷險阻兮之羌蠻山谷眇眇兮路漫漫眷東
顧兮但悲嘆暝當宿兮不能安饑當食兮不能餐
常流涕兮眥不乾薄志節兮念死難雖苟活兮無
形顏惟彼方兮遠陽精陰氣凝兮雪夏零沙漠壅
兮塵冥冥有草木兮春不榮人似禽兮食臭腥言
兜離兮狀窈停歲聿暮兮時邁征夜悠長兮禁門

屑。不能寐兮起屏營。登胡殿兮臨廣庭。元雲合兮翳月星。北風厲兮肅泠泠。胡笳動兮馬鳴。孤鴈歸兮聲嚶嚶。樂人興兮彈琴箏。音相和兮悲且清。心吐思兮胸憤盈。欲舒氣兮恐彼驚。含哀咽兮涕沾巾。家既迎兮當歸寧。臨長路兮捐所生。兒呼母兮啼失聲。我掩耳兮不忍聽。追持我兮走煢煢。頓復起兮毀顏形。還顧之兮破人情。心怛絕兮死復生。

歷朝名媛詩詞卷一終

魏

甄皇后

后明帝母也九歲喜書作字數用諸兄筆硯兄曰汝欲爲女博士耶后曰古之賢女未有不知書者入魏爲文帝夫人帝建長秋宮璽書迎之后表辭謝言后妃之德宜登進賢淑自省愚陋加以寢疾敢守微志璽書三至三讓詞甚懇切○后賢矣哉詩詞婉厚而雅鬯

從漢樂府脫來惟行仁義句不類或傳寫之訛耳

塘上行

蒲生我池中其葉何離離傍能行仁義莫若妾自知衆口鑠黃金使君生別離念君去我時獨愁常苦悲想見君顏色感結傷心脾念君常苦悲夜夜不能寐莫以賢豪故棄捐素所愛莫以魚肉賤棄捐葱與薤莫以麻枲賤棄捐菅與蒯出亦復苦愁入亦復苦愁邊地多悲風樹木何脩脩從軍致獨

樂延年壽千秋

王宋

平虜將軍劉勳妻嫁勳二十餘年後勳悅山陽司馬女以宋無子出之宋賦詩自傷○前首淺淺說去自然入情次首悲摯而委婉怨在言外不失婦德轉益可傷

雜詩

翩翩牀前帳張以蔽光輝昔將同爾去今將爾共歸緘藏篋笥裏當復何時披

誰言去婦薄去婦情更重千里不唾井况乃昔所
奉望遠未爲傷躑躅不得共

孟珠

月陽人三首措詞絶佳妖而不妖只自情味
中出來

陽春歌

陽春二三月草與水同色道逢遊冶郎恨不早相
識

陽春二三月草與水同色攀條摘香花言是歡氣

息
望兒四五年實情將懊惱願得無人處回身與郎
抱

晉

左貴嬪

左思妹名芬好學善屬文名亞於兄武帝納之拜修儀受詔作愁思之文爲離思賦體羸多病特以才德見重帝時與講論文義辭對清辨凡有方物異寶必令芬爲賦頌未嘗不稱美。琢木詩所以自道而託之蟲鳥其言清濁二字識見之高亦其安分能守感離一章敘兄妹之情歸之詩書文朝辭淑女胸中別

有明哲道理

啄木詩

南山有鳥自名啄木饑則啄樹暮則巢宿無干於人惟志所欲惟淺者榮惟濁者辱

答兒感離詩

自我離膝下倏忽離載期邈邈情彌遠再奉將何時披省所賜告叅玩悼離詞彷彿想容儀歔欷不自持何時當奉面娛目於詩書何以訴厥苦告情於文辭

謝道韞

謝道韞

安西將軍謝奕女左將軍王凝之妻也聰慧有辨叔父安石一日內集適雪下安石欣然倡句曰大雪紛紛何所似兄子朗曰撒鹽空中差可擬道韞曰未若柳絮因風起安石大悅。觀其登山一章筆力矯健詞氣展拓居然名製無讓諸謝其詠絮一句相形得朗語醜也

登山

峩峩東嶽高秀極冲青天巖中間虛宇寂寞幽以元非工復非匠雲構發自然氣象爾何物遂令我屢遷逝將宅斯宇可以盡天年

擬嵇中散詠松

遙望山上松隆冬不能彫願想遊下憩瞻彼萬仞條騰躍未能升頓足俟王喬時哉不我與大運所飄颻

桃葉

桃葉

王獻之妾獻之歌曰桃葉復桃葉渡江不用檝但渡無所苦我自來迎接桃葉以團扇歌三首答之○詞意頗佳惟是女郎口齒稍覺瑣屑耳

團扇歌

七寶畫團扇燦爛明月光與郎卻暄暑相憶莫相忘

青青林中竹可作白團扇動搖郎玉手因風托方

便。

團扇復團扇。許持自障面。憔悴無復理。羞與郎相見。

團扇郎

團扇薄不搖。窈窕搖蒲葵。相憐中道罷。定是阿誰非。

绿珠

綠珠

南海梁氏女貌美石崇以珠三斛易之故名綠珠大將軍孫秀橫甚欲之求於崇不許崇謂珠曰我爲爾得罪珠泣曰當効死於君前因自投金谷樓下死珠嘗有詩曰懊儂歌古音古義自是妙女

懊儂歌

絲布澁難逢。令儂十指穿。黃牛細犢車游戲出孟津。

翔風

石崇婢始十歲得之胡中十五美艷無比尤以詞翰擅寵及年稍長他少年者競排擠之退爲房老乃懷怨作詩○怨而不怒仍自嘆其非復芳時也低回之致彌可憐惜

怨詩

春華誰不美卒傷秋落時突烟還自低鄙退豈所期桂芳徒自蠹失愛在蛾眉坐見芳時歇憔悴空自嗤

謝芳姿

謝芳姿

王珣婢也珣弟珉好捉白團扇與芳姿情好甚篤嫂知之加以箠楚王東亭止之使令歌一曲以贖罪芳應聲而歌云云○前首婉委入情後首悲楚而合於義自是可兒嫂能不我見猶憐耶

團扇歌

白團扇辛苦五流連是郎眼所見

白團扇顦顇非昔容羞與郎相見

李夫人

賈充前妻淑美有才坐公事流徙充後娶廣成郡君郭槐李後歸不復迎聚此其始昏之作。充之不情李早已見及之亦慧心也

定情聯句

室中是阿誰。歎息聲正悲。充歎息亦何爲。但恐大義虧。李大義同膠漆。匪石心不移。充人誰不慮終日月有合離。李我心子所達。子心我所知。充若能不食言。與君同所宜。李

子夜

子夜

晉時女子善爲曲其聲哀苦相傳爲子夜四時歌原廿九首工拙相半茲取其佳者得十八首足以盡子夜之妙矣

子夜歌

芳是香所爲冶容不敢當天不奪人願故使儂見郎

宿昔不梳頭絲髮被兩肩腕伸郎膝上何處不可憐

崎嶇相怨慕始獲風雲通玉林語石闕悲思兩心
同
前絲斷纏綿意欲結交情春蠶易感化思子已復
生
擘枕北牕臥郎來就儂嬉小喜多唐突相憐能幾
時
郎爲傍人取負儂非一事攡門不安橫無復相關
意
感歡初殷勤歎子後遼落打金側瑇瑁外艷裏懷

薄。誰能思不歌。誰能饑不食。日冥當戶倚。惆悵底不憶。

擘裙未結帶。約眉出前窻。羅裳易飄颺。小開罵春風。

歎從何處來。端然有憂色。三喚不一應。有何比松栢。

我念歡的的。子行猶豫。情霧露隱芙蓉。見蓮不分明。

遣信歡不來。自往復不出。金桐作芙蓉。憐子何能
實。
恃愛如欲進。含羞未肯前。朱口發豔歌。玉女弄嬌
絃。
始欲識郎時。兩心望如一。理絲入殘機。何悟不成
匹。
自從別郎來。何日不咨嗟。黄蘗鬱成林。當奈苦心
多。
舉酒待相勸。酒逺杯一空。願因微軀。會心感色亦

同

儂年不及時。共子作乖離。素不如浮萍。轉動春風移。

驚風急素柯。白日漸微矇。郎懷幽閨性。儂亦恃春容。

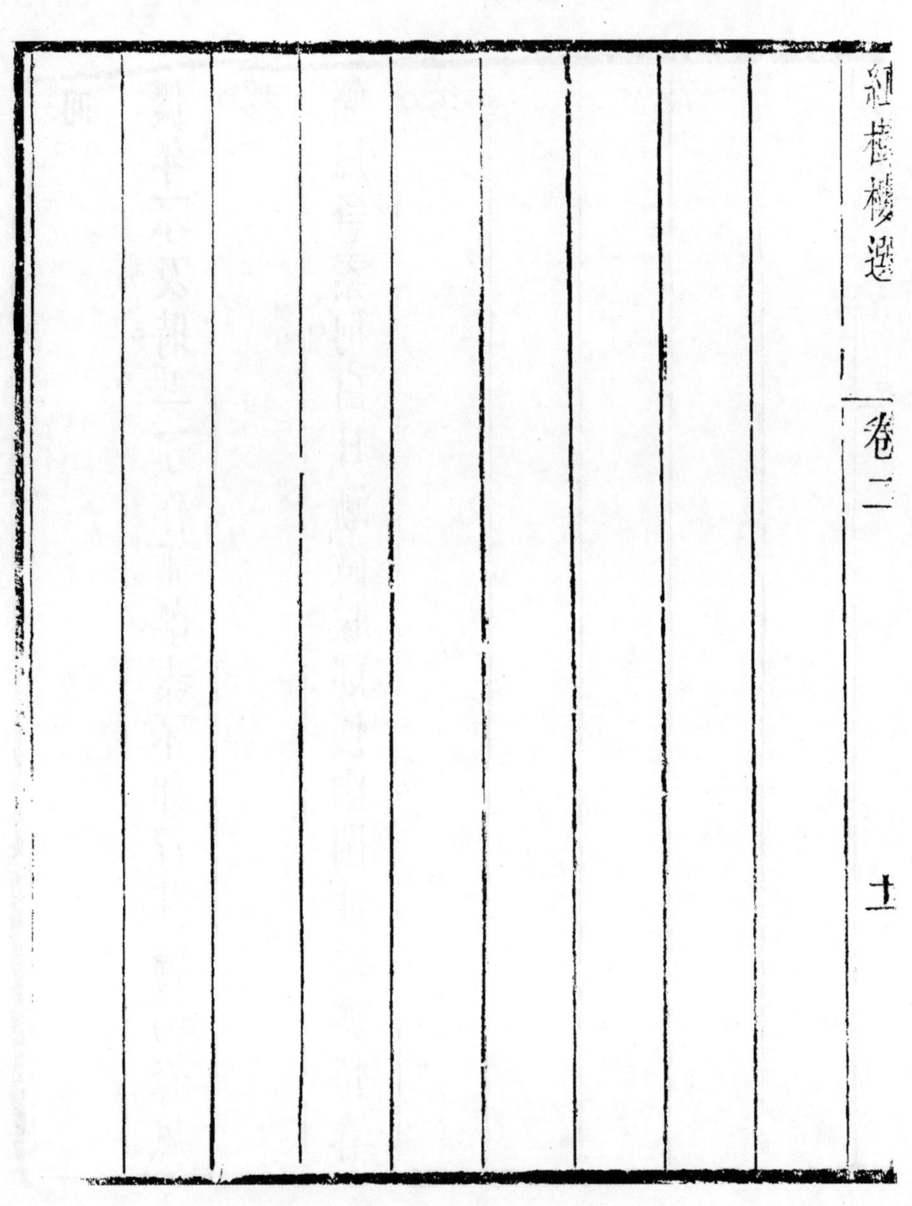

宋

鮑令暉

鮑昭妹歌詩卓絕擬古尤勝昭嘗對武帝曰臣妹之才不及左芬臣之才不及太冲。觀令暉諸作其質不及左芬而文情特勝明遠之于太冲亦然

擬青青河畔草

褭褭臨窻竹。藹藹垂門桐。灼灼青軒女。泠泠高堂中。明志逸秋霜。玉顏掩春紅。人生誰不別恨君早

從茲鳴茲懸夜月紺黛羞春風

擬客從遠方來

客從遠方來贈我漆鳴琴木有相思文鳴有別離音終身執此調歲寒不改心願作陽春曲宮商長相尋

擬自君之出矣

自君之出矣囒軒不解顔砧杵夜不發高門晝常闗帳中流熠燿庭前華紫蘭楊柳識節異鴻來知客寒遊暮冬盡月除春待君還

代葛沙門妻郭小玉作

明月何皎皎。垂幌照羅裀。若共相思夜。知同憂怨晨。芳華豈矜貌。霜露不憐人。君非青雲逝。飄迹事咸秦。妾持一生淚。經秋復度春。

君子將遙役。遺我雙題錦。臨當欲去時。復留相思枕。題用常著心。枕以憶同寢。行行月以遠。轉覺思彌甚。

寄行人

桂吐兩三枝。蘭開四五葉。是時君不歸。春風徒笑

妾

烏夜啼

歌舞諸年少。娉婷無踵跡。菖蒲花可憐。聞名不曾識。

襄陽樂

朝發襄陽城。暮至大堤宿。大堤諸女兒。花豔驚郎目。

楊叛兒

暫出白門前。楊柳可藏烏。郎作沉香木。儂作博山鑪。

前溪歌

黄葛結蒙蘢。生在洛溪邊。花落隨流去。何見逐流還。

上聲歌

新衫繡兩襠。迮着羅裳裏。微步動輕塵。羅裙從風起。

長樂佳

紅腮複斗帳。四角垂珠璫。玉枕龍鬚席。郎眠何處牀。

蠶絲歌

春蠶不應老、晝夜常懷思。何惜微軀盡。纏綿自有時。

雜詩

玉釵色未分。衫輕似露腕。舉袖欲障羞。迴持理鬢亂。

青溪小姑

青溪小姑

青溪地名小姑爲蔣子文第三妹其本末未詳。歌辭甚有逸氣日暮句不似塵坌中人語次首亦悠然言外小姑大約在人與仙之間

青溪歌

日暮風吹落葉依枝丹心寸意愁君未知

歌闌夜已久繁霜侵曉幕何意空相守坐待繁霜落

劉令嫻

梁

劉令嫺

徐悱妻劉孝綽妹姊妹三人並有才學令嫺最幼人稱爲三娘爲文尤淸拔悱官晉安郡卒令嫺爲文祭之辭甚悽愴悱父欲爲哀詞見其文乃閣筆蕭韶稱孝綽諸妹文彩艷發甚于神人也○筆筆淸矯語語明秀無一塵濁氣劉家兄妹自是神仙勝會

春閨怨

花庭麗景斜。蘭牖輕風度。落日更新粧。開簾對芳樹。鳴鸝葉中舞。戲蝶花間鶩。調琴不要歡。心愁不成趣。良會誠非遠。佳期今不遇。欲知幽怨多。春閨深且暮。

聽百舌

庭樹旦新晴。臨鏡出雕楹。風吹桃李氣。過傳春鳥聲。盡寫山陽笛。全作洛濱笙。注意留歡聽。誤令粧不成。

摘同心梔子贈謝娘因附此詩

兩葉雖爲贈。交情永未因。同心何處恨。梔子最關人。

題甘蕉葉示人

夕泣似非疎。夢啼眞太數。唯當夜枕知。過此無人覺。

王金珠

未詳里族詩有思理句甚緊峭聲調亦得樂府之遺婦女中作手也

子夜四時歌

春歌

朱日光素水。黃花映白雪。折得待佳人。共迎陽春
月。
階上香入懷。庭中花照眼。春心鬱如此、情來不可
限。
吹漏不可停。斷絃當更續。俱作雙思引。共奏同心
曲。

夏歌

玉盤貯朱李。金盃盛白酒。本欲親自持。復恐不甘

口。

珽簾捲煩熱。卷幌乘清陰。風吹合歡帳。直動相思琴。

秋歌

叠素蘭房中。勞情桂杵側。朱顏潤紅粉。香汗光玉色。

冬歌

寒閨周黼帳。錦衣連理文。懷情入夜月。含笑出朝雲。

子夜變歌

七絲紫金柱，九華白玉梁。但歌繞不去，含吐有餘香。

上聲歌

花色過桃杏，名稱黄金瓊。闘歌非下里，含笑作上聲。

沈滿願

沈滿願

范靖妻長于詩所著甚富詞氣揮灑不爲筆所拘局譬如彈絃時起高調急響而復以疎宕解之亦能手也

戲蕭娘

明珠翠羽帳。金薄綠綃帷。因風時暫舉。想像見芳姿。清晨插步搖。向晚解羅衣。託意風流子。佳情詎自私。

詠五彩竹火籠

可憐潤霜質。纖剖復毫分。織作回風管。製爲縈綃
文。含芳出珠被。耀彩接湘裙、徒嗟今麗飾。豈念昔
凌雲。

晨風行

理楫令舟人。停艫息旅薄河津。念君劬勞冒風塵。
臨路揮袂淚沾巾。飈流勁潤逝若飛。山高帆急絕
音徽。留子句句獨言歸。中心煢煢將依誰。風彌葉
落永離索。神往形返情錯漠。循帶易緩愁難却。心
之憂矣意銷鑠。

挾琴歌

逶迤起塵唱。宛轉繞梁聲。調絃可以進。蛾眉畫不成。

暎水曲

輕鬢覺浮雲。雙蛾初擬月。水澄正落釵。萍開理垂髮。

越城曲

别怨悽懽響。離嗁濕舞衣。願假烏棲曲。翻從南向飛。

吳興伎童

未詳所自曰童也而其詩有氣有詞清迥不落甲靡亦奇

贈謝府君

玉釵空中墮。金鈿行已歇。獨泣謝春風。長夜孤明月。

歷朝名媛詩詞卷二終

王玉京

王玉京 亦作姚玉京

衛敬瑜妻灞陵王整妹敬瑜卒居常有雙燕巢梁間一日雄燕爲鷙鳥所傷其雌孤棲徘徊至秋飛集王氏之臂若告別然氏以紅縷繫其足曰明春復來爲我侶也明年果至因贈以詩自是春來秋去凡六七年氏卒明年燕來周旋哀鳴家人語曰氏死矣墳在南郭燕至墳所死焉每風清月明人見氏與燕同

遊灞上雍州刺吏嘉其美節題其門曰精義之門姚玉京乳名從母姓也○贈燕用恩義字語極懇至人燕一理淺淺讀之可感是由肺腑出也即觀其事天地間靈淑之氣不可泯滅如此當作一倜爲孀閨中人供奉香火何如

孤燕詩

昔時無偶去。今春猶獨歸。故人恩義重。不忍更雙飛。

劉大孃

瑯琊劉孝綽長妹王叔英妻也與妹令嫻齊名有文集行世○短句能令情事在吞吐間是作古詩能手看梅看柳風致絕佳

昭君怨

一生竟何定○萬事良難保○丹青失舊儀○玉匣成秋草○想妾辭關淚○至今猶未燥○漢使汝南還○殷勤為人道○

暮寒

梅花自爛熳。百舌早迎春。逾寒衣逾薄。未肯惜腰身。

贈外

妝鉛點黛拂輕紅。鳴環動佩出房櫳。看梅復看柳。淚滿春風中。

包明月

梁內人前溪歌乃吳歌十曲之一明月擬作

○情欵齊齊詞氣幽媚筆力動宕殊佳

前溪歌

當曙與未曙百鳥啼前聰獨眠抱被嘆憶我懷中儂單情何時雙

木蘭

木蘭

梁時代父戍邊十二年始歸人不知爲女郎也是一節操幹濟豪傑女子也○詩辭聲口不似木蘭自作蘇氏以爲後人擬爲之近是然亦恐非後人所能擬乃當時人以詠歎其事耳古文苑評其直無含蓄在蔡琰悲憤詩下此則妄爲訾議已其人其事不失一奇詩若木蘭自作尤奇也

木蘭詩

唧唧復唧唧木蘭當戶織不聞機杼聲唯聞女歎
息問女何所思問女何所憶女亦無所思女亦無
所憶昨夜見軍帖可汗大點兵軍書十二卷卷卷
有爺名阿爺無大兒木蘭無長兄願爲市鞍馬從
此替爺征東市買駿馬西市買鞍韉南市買轡頭
北市買長鞭朝辭爺孃去暮宿黃河邊不聞爺孃
喚女聲但聞黃河流水鳴濺濺旦辭黃河去暮至
黑山頭不聞爺孃喚女聲但聞燕山胡騎聲啾啾
萬里赴戎機關山度若飛朔氣傳金柝寒光照鐵

衣將軍百戰死壯士十年歸歸來見天子天子坐明堂策勳十二轉賞賜百千彊可汗問所欲木蘭不用尚書郎願借明駝千里足送兒還故鄉爺孃聞女來出郭相扶將阿姊聞妹來當戶理紅妝小弟聞姊來磨刀霍霍向豬羊開我東閣門坐我西閒床脫我戰時袍著我舊時裳當窗理雲鬢對鏡貼花黃出門看火伴火伴始驚惶同行十二年不知木蘭是女郎雄兎腳撲朔雌兎眼迷離兩兎傍地走安能辨我是雄雌

莫愁

莫愁女

石城女子名莫愁善歌謠爲忘愁聲故爲莫愁古今樂錄解題又曰古歌有莫愁洛陽女與此不同○二詩類男女一唱一和之詞相傳俱爲莫愁所歌以可解不可解讀之可也

莫愁樂

莫愁在何處○莫愁石城西○艇子打兩槳催送莫愁來○

聞歡下揚州○相送楚山頭○探手抱腰看江水斷不

流。

陳

沈婺華

陳後主后以張貴妃擅寵后疎遠後主一暫至即還戲贈后詩曰留儂不留儂不留儂也去此處不留人自有留人處后答詩○音節和緩不爲怨悵之詞亦不爲婉娩之語明閒道破翻令一笑

答後主

誰道不相憶。見能倒成羞。情卿不肯住。教妾若爲留。

樂昌公主

樂昌公主

陳后主之妹色艷麗太子舍人徐德言婦陳政方亂德言知不相保謂公主曰以君之才容國亡必入權豪之家斯永絕矣倘情緣未斷猶期相見宜有以信之乃破一鏡各執一半約他時以正月望日賣于都市後公主果歸楊越公家德言如期訪之有蒼頭賣半鏡大高其價德言以半鏡合之題詩付蒼頭公主得書悲泣越公詢得其實召德言與飲令

公主作詩遂厚遺送還江南聞者感歎○若

心曲意難處出來

餞别自解

今日何遷次○新官對舊官○笑啼俱不敢○方信作人

難、

北魏

謝氏尼

瑯琊王肅爲齊秘書娶江南謝氏及北歸魏

爲尚書令魏以長公主妻之謝氏不得復聚

遂爲尼以詩贈肅肅爲造正覺寺居之○以

蠶絲喻肅情幽語細勝于明寫怨語

贈王肅

本爲箔上蠶今作機上絲得絡逐勝去頗憶纏綿時○

陳留長公主

王肅後妻代肅作答謝氏○不煩委曲採懷而出二詩合看極似子夜古歌中妙詩

代王肅答謝氏

續是貫絲物目中當紝絲得帛縫新去何能納故時

胡

后

胡太后

魏宣武靈后肅宗初臨朝聽政嘗于都亭曲水宴羣臣賦詩時武都人楊白花者太后通之白花懼及禍奔梁易名華太后追思之爲作歌使宮人連臂蹋足歌之聲甚悽惋○后在彼時爲才能之后特以白花故不能脫婦女之情然觀其詞悲涼幽咽尚非狐媚者比詩頗佳

楊白花

陽春二三月。楊柳齊作花。春風一夜入閨闥。楊花飄蕩落南家。含情出戶腳無力。拾得楊花淚沾臆。秋去春來雙燕子。願銜楊花入窠裏。

馮太后

魏文明太后也。善詩賦。登臺見雀啄食。作青臺歌。簡古入妙。此詞必有所指。令人味之無盡。詩之興而比也。

青臺歌

青臺雀。青臺雀。緣山采花額。

崔孃

北齊

崔孃

崔林義女盧士琛妻有才學春日以花和雪與兒靧面爲詞祝之○韻事韻語閨閣有此風致可稱絕調其詞四段皆複即以重複爲變換愈短愈長愈促愈緩著作妙手

靧面詞

取紅花取白雪與兒洗面作光悅取白雪取紅花與兒洗面作姸華取花紅取雪白與兒洗面作光

澤取雪白取花紅與兒洗面作華容。

馮小憐

後主妃也穆后之從婢以五月五日進號曰續命慧黠能彈琵琶善歌及陳失國歸于周後主復乞周武帝還之後主遇害後以賜代王至隋以賜李珣珣乃令著布裙配舂○主喪國亡屢辱其身爲人所逼死惜哉詩詞不多思致極綿邈猶有追懷故主之思善于寫怨

感琵琶絃斷贈代王達

雖蒙今日寵。猶憶昔時憐。欲知心斷絶。應看膝上絃

隋

侯夫人

煬帝後宮女帝建迷樓選良家數千居之後宮多不得進御侯夫人怨而自經臂繫錦囊中有詩帝感傷日諷其詞令樂府歌之○夫人以色自喜意在希寵乃徬徨絶望忽激爲

驕心狠氣一死以殉痴女子耳詩甚悽惋頗有思緒

粧成

粧成多自惜。夢好却成悲。不及楊花意。春來到處飛。

自感

庭絕玉輦迹。芳草漸成窠。隱隱聞簫鼓。君恩何處多。

欲泣不成淚。悲來翻强歌。庭花方爛熳。無計奈春

河

看梅 又作詞

砌雪無消日。捲簾時自攢。庭梅對我有憐意。先露枝頭一點春。

香清寒艷好。誰惜似天真。玉梅謝後陽和動。散與羣芳自在春。

吳絳仙

吳絳仙

煬帝殿脚女帝登龍舟憑絳仙肩喜其柔麗善畫長蛾眉得日賜蛾綠螺子黛帝每倚簾視之曰古人言秀色可餐若絳仙眞可療飢矣後失意於蕭妃稍稍不得親幸帝以水果一雙命小黃門馳賜之馬急搖解絳仙受而附詩一首進帝省詩曰何怨之深耶女相如也○詞意不深情事恰好一首小詩不溢不支亦復能事

謝賜合歡水果

驛使傳來果。君王寵念深。寧知辭帝里。無復合歡心。

千金公主隋爲大義公主

趙王招女。周主賚以之妻突厥和親。後趙王爲楊堅所殺。堅篡周國滅。主圖克復。因說突厥起兵討隋。不果。公主乃請改姓楊。隋封爲大義公主。因傷感題詩屏上。隋主惡之。恐其爲忠搆突厥殺之。○以一弱女子陷于虜廷

而篤念君親思圖克復不成而死情苦志壯固非尋常女子也然屏風之詩抑揚幽邈無脂粉氣仍是女郎正格

書屏風詩

盛衰等朝暮世道若浮萍榮華實難守池臺終自平富貴今何在何事寫丹青杯酒恒無樂絃歌詎有聲余本皇家子飄流入虜廷一朝覩成敗懷抱忽縱橫古來共如此非我獨申名唯有明君曲偏傷遠嫁情

張碧蘭

未詳玩其兩地句較之泛言一面者思致自覺深婉否則下之一攜手便是人云亦云語矣慧心慧筆佳女子也

寄阮郎

郎如洛陽花。妾似武昌柳。兩地惜春風。何時一攜手。

羅愛愛

未詳閨思首爲得思之實際二十字抵得一

篇長詩贈郎首詞意甚細淫而艶妙要知真有此情景不虛其名愛愛也

閨思

幾當孤月夜遥望七香車羅帶因腰緩金釵逐鬢斜

贈郎

感郎千金意含嬌抱郎宿試作帷中音羞開燈前日

丁六娘

丁六嬢

未詳十索曲今選五首擇其措語婉媚有情味者其日索思致亦佳

十索曲

裙裁孔雀羅。紅綠相參對。映以蛟龍錦。分明奇可愛。麤細君自知。從郎索衣帶。

爲性愛風光。生憎良夜促。曼眼腕中嬌。相看無厭足。歡情不奈眠。從郎索花燭。

君言花勝人。人今去花近。寄語落花風。莫吹花落盡欲作勝花嬌。從郎索紅粉。

二八好容顏。非意得相關。逢桑欲採折。尋枝倒嬾攀。欲呈纖纖手。從郎索指環。

蘭房下翠帷。蓮帳舒鴛錦。歡情宜早暢。容意須同寢。欲共作纏綿。從郎索花枕。

秦玉鸞

不詳淡淡說來自覺可憐舌尖靈動上二句重落下二句輕收詩法正格女子乃能得之

憶人

蘭幕蟲聲切○椒庭月影斜○可憐秦館女○不及洛陽花○

蘇蕙

秦

蘇蕙

蕙字若蘭陳留令蘇道質女秦秦州刺史扶風竇滔妻蕙知識精明年十六歸竇甚相敬而性急嫉滔有寵姬趙陽臺蕙挫辱之滔出鎮襄陽蕙不偕行音問斷絶蕙自傷因織錦爲廻文詞名璇璣圖寄滔滔感而嘆美具車徒迎之○其辭文之妙精巧絶倫唐則天后有御製序文云圖縱廣八寸詩二百餘首計

八百餘言而後人衍而續之其爲三四五六七言詩首愈續愈多縱横其間反復進退無不成章此古今第一巧慧流傳至今不可沒矣惟是玩其詞義不免牽就字句殊乏比興若以是爲詩不幾入於魔道耶以其聰慧不可及存其人可也詩繁不錄

唐

徐賢妃

妃名惠湖州人四歲誦書八歲能屬文父孝

德使擬離騷爲小山篇太宗聞而納爲才人貞觀末嘗上疏諫土木征伐之煩帝優納之帝崩哀慕成疾作連珠辭見意永徽中贈賢妃○其詞風度端雅善自矜惜不失爲宮妃體裁

秋風函谷關應詔

秋風起函谷朔氣動河山偃松千嶺上雜雨二陵間低雲愁廣隰落日慘重關此時飄紫氣應念真人還

長門怨

舊愛栢梁臺。新寵昭陽殿。守分辭芳輦。含情泣團扇。一朝歌舞榮。夙昔詩書賤。頹恩誠已矣。覆水難重薦。

賦得北方有佳人

由來稱獨立。本是號傾城。柳葉眉間發。桃花臉上生。腕搖金釧響。步轉玉環鳴。纖腰宜寶袜。紅衫豔織成。懸知一顧重。别覺舞腰輕。

粧殿答太宗

朝來臨鏡臺。粧罷暫徘徊。千金始一笑。一召詎能來。

武后

后名曌文水人太宗賜號媚娘高宗時拜昭儀未幾立爲后高宗崩廢中宗自爲大周皇帝嬖亂諸臣竊弄神器幾易唐祚迨中宗復辟退居上陽宮年八十一崩○后材智英睿帝王之器自是天地一時奇鬬氣運宜詔上苑花即夜發不可知乎其所爲詩有莊厚處有流麗處居然作者至如意一首則是其本色也

遊嵩山

陪鸞遊禁苑。侍賞出蘭闍。雲掩攢峯蒸。霞低捶淚旃。日宮跡澗戶。月殿啟巖扉。金輪轉金地。香閣曳香衣。鐸吟輕吹發。幡搖薄露微。昔遇焚芝火。山紅逃野飛。花臺無半影。蓮塔有全禪。實賴能仁力。攸資善世攸。慈緣與福緒。於此欲攸依。風枝不可靜。泣血竟何為。

同太平公主遊九龍潭

山牕遊玉女。澗戶對瓊峯。巖頂翔雙鳳。潭心倒九龍。酒中浮竹葉。杯上寫芙蓉。欲驗山家賞。唯有入松風。

如意曲

看朱成碧思紛紛。憔悴支離爲憶君。不信比來常下淚。開箱驗取石榴裙。

遣使宣詔幸上苑

明朝遊上苑。火速報春知。花須連夜發。莫待曉風吹。

歷朝名媛詩詞卷三終

上官昭容

歷朝名媛詩詞卷四

上官昭容

昭容小名婉兒西臺侍郎儀之孫女母鄭方妊時夢人畀以大秤曰當以秤量天下及生甫逾月母戲曰秤量者豈汝耶乃啞然應後入掖庭辯慧能文章並曉吏事武后愛之拜爲婕妤秉機政中宗卽位爲昭容掌制命勸帝立修文館選公卿善爲文者李嶠等二十餘人帝每引名儒賜宴賦詩令昭容第其甲

乙悉符大秤之夢後與崔湜亂韋后敗死之
有集二十卷開元時裒次之詔令張說爲之
序。昭容才思鮮艷筆氣疎爽有名士之風
秤量人才其所甲乙藻鑒特精遐想其人殊
爲神往

奉賀聖製立春日侍宴內殿出剪綵花應制

密葉因裁吐新花逐剪舒攀條雖不謬摘蕊詎知
虛春至由來發秋還未肯疎借問桃將李相亂欲
何如。

九月九日上幸慈恩寺登浮圖羣臣上菊花壽酒

帝里重陽節。香園萬乘來。却邪萸入佩。獻壽菊傳杯。塔類承天湧。門疑待佛開。睿詞懸日月。長得仰昭回。

上幸東莊應制

暫爾遊仙第。淹留惜未歸。霞窻明月滿。澗戶白雲飛。書引藤爲架。人將薜作衣。此眞攀翫所。臨睨有光輝。

綵書怨

葉下洞庭初。思君萬里餘。露濃香被冷。月落錦屏虛。欲奏江南曲、貪封薊北書。書中無別意。惟悵久離居、

遊長寧公主流杯池

逐仙賞、展幽情、踰崑閬。訪蓬瀛。遊魯館。陟秦臺。污山壁。愧瓊瑰。檀欒竹影。飇颸松聲。不煩歌吹。自足怡情。仰循茅宇。俯眄喬枝。煙霞問訊。風月相知。

枝條鬱鬱，文質彬彬。山林作伴，松桂爲鄰。

攀條招逸客，偃桂叶幽情。水中看樹影，風裏聽松聲。

横琴待叔夜，負局訪安期。不應留石壁，爲記賞心符。

霽曉氣清和，披襟賞薜蘿。玳瑁凝春色，琉璃漾水波。鼓不耶長嘯，攀松作短歌。除非物外者，誰就此經過。

放曠出煙雲，蕭條自不羣。漱流清意府，隱几避囂

繡石畫耕苔色風梭織水紋山莖何爲貴惟餘蘭桂薰

春和三會寺應制

釋子談經處軒臣刻字留故臺遺老識殘簡聖君求駐蹕懷千古開襟望九州四山緣塞合三水夾城流宸翰陪瞻仰天杯接獻酬太平詞藻盛長願紀鴻休

上幸溫泉宮應制

三冬季月景隆年萬乘觀風出一川遥看電躍龍

爲馬廻驕霜原玉作因

鸞旂掣曳拂空廻羽騎驂驔躡景來隱隱驪山雲外聳迢迢御帳日邊開

趙嬽

范坦母○未詳其行實即詩觀之下語斟酌錚錚有品格可爲少婦嬌女流蕩一種藥石

擬古

鬱蒸夏將半暑氣扇飛閣驟雨滿空來當軒捲羅幌度雲開夕霽宇宙何清廓明月流素光輕風換

炎爍孤鸞傷對影寶瑟悲别鶴君子去不還搖心
欲何託
金菊延清霜玉壺多美酒良人獨不歸芳菲豈常
有不惜芳菲歇但傷别離久含情罷斟酌凝怨對
牕櫺
霽雪舒長野寒雲伴秋谷嚴風振枯條啼猿抱冰
木所歎游宦子少小荷天祿前程未云至悽愴對
車僕歲寒成詠歌日暮棲林樸不憚行路險空悲
年運促

七歲女子

七歲女子

如意中長安七歲女子能爲詩武后令作別兄詩應聲而就一○絶似老作手其上二句即景下二句入情所嗟即從上轉下機捩緊利下之鴈與上之雲葉下之歸與上之起飛皆相映對舉而言四句乃是一片二十字無一閒字天機自得之妙

送兄

別路雲初起離亭葉正飛所嗟人異鴈不作一行

歸。

金德眞

新羅王金眞平卒無子女嗣立永徽中德眞大破百濟之衆遣臣以聞獻織錦五言太平頌○極似中華人作句法有對有不對筆氣朗遒勝於駢儷覓對仗者

太平詩

大唐開洪業。巍巍皇猷昌。止戈戎衣定。修文繼百王。統天崇雨施。理物體含章。深仁諧日月。撫運邁時東。幡旗既赫赫。鉦鼓何鍠鍠。外夷違命者。剪覆被天殃。和風凝宇宙。遐邇競呈祥。四時調玉燭。七曜巡萬方。維岳降宰。輔維帝任忠良。五三咸一德。照我唐家光。

開元宮人

開元宮人

開元中令宮人製纊衣以賜邊軍有兵士於袍中得詩白其帥聞於帝帝徧示宮中令作者勿隱不汝罪有宮人自言帝即以賜兵士曰吾與汝結今生緣也邊人感慨○詩情婉細自憐自惜借此一寫以自解嘲者其多添線更著綿對定經手作三字今生過後生緣繳還阿誰邊三字却正了得起二句之沙場征戍客寒苦若爲眠也情事俱在有意無意

之間故妙如此佳人天自不使埋滅耳明皇
盛德亦足昭垂千古

戰袍詩

沙場征戍客。寒苦若爲眠。戰袍經手作。知落阿誰邊。蓄意多添線。含情更著綿。今生已過也。願結後生緣。

楊容華

華陰人楊炯妹○詞氣調適亦復宕逸閨閣
中不爲纖小乃是唐人風格

臨鏡曉粧

宿鳥驚眠罷房櫳乘曉開鳳幃金作縷鸞鏡玉爲臺粧似臨池出人疑向月來自憐方未已欲去復徘徊

喬氏妹

喬知之妹○借物諷刺語語透徹女郎心思刻至即其命題可見

詠破簾

已漏風聲罷繩持也不禁一從經落節無復有貞

心

郎大家宋氏

未詳所出○語語靈活機致絕新眞得宛轉之趣數首俱佳朝雲引更極聲情激宕妙人妙作

擬晉女劉妙容宛轉歌

日已暮長簷鳥聲度望君君不來思君君不顧歌宛轉宛轉那能宿願爲形與影出入恒相逐

風已清月朗琴復鳴掩抑非千態殷勤是一聲歌

宛轉宛轉和且長願爲雙黄鵠比翼共翺翔

朝雲引

巴西巫峽指巴東朝雲觸石上朝空巫山巫峽高何已行雲行雨一時起一時起三春暮若言來且就陽臺路

長相思

長相思久離别關山阻風煙絶臺上鏡文銷袖中書字滅不見君形影何曾有權悦

采桑

春來南鴈歸。日去西蠶遠。妾思紛何極。君遊殊未返。

天寶宮人

天寶宮人

天寶末宮人有於葉上題詩隨御溝水流出顧況聞而和之其事盛傳帝知之因而遣出○按落葉梧葉二詩意韻皆同字句雖小異實是一首蓋本一事而傳者誤也至杏葉首杏葉非可題詩春亦非落葉之時此後人以其事相與吟咏遂譌爲又一事耳

題落葉詩

舊寵悲秋扇○新恩寄早春○聊題一紅葉將寄接流

人。

題梧葉詩

一入深宮裏年年不見春。聊題一片葉。寄與有情人。

杏葉詩

一葉題詩出禁城。誰人酬和獨含情。自嗟不及波中葉。蕩漾乘春取次行。

宫人韓氏

宣宗時盧渥於御溝上得一紅葉有詩云云及放宮人渥得韓氏氏見葉曰此妾偶題君乃得之因作自感一首一說僖宗時于祐又一說進士李茵事三說不同皆韓氏也與天寶宮人事相類大抵本一事而好事者流傳附會以美聽聞耳論詩只韓氏一首爲佳其自感首恐亦僞撰不錄

紅葉詩

流水何太急。深宮盡日閒。殷勤謝紅葉。好去到人間。

六若憲女女

宋氏姊妹若昭

宋芬貝州人有女五人皆讀書能文辭長若華次若昭文尤高不願適人欲以學名家若華著女論語若昭釋之貞元中李抱貞表其才德宗召試文章問經史厚賜賚之高其風操呼爲女學士穆宗時拜尚宮歷三朝皆待以師禮卒贈梁國夫人若憲尤聰慧若昭屬代司秘書文宗重其學更加禮焉。若昭之詩有端穆深靜之度非復女流聲口若憲風

綵秀贍典重不佻其暢酬一首不脫女孃本色

奉和御製麟德殿燕百僚

垂衣臨八極肅穆四門通自是無爲化非關輔弼功修文招隱伏尚武殄妖兇德立韶光熾恩沾雨露濃衣冠陪御燕禮樂盛朝宗萬壽觴朝日千年信一同

若憲

催粧詩

雲安公主貴出嫁五侯家天母親調粉日兄憐賜花催鋪百子帳待障七香車借問粧成未東方欲曉霞

奉和御製麟德殿燕百僚

端拱承休命時清荷聖皇四聰聞受諫五服遠朝王景媚睢初轉春殘日正長御筵多濟濟盛樂復鏘鏘鄙鎬誰能敵橫汾未可方願齊山岳壽福祉永無疆

暢酬詩

粉面仙郎選正朝偶逢秦女學吹簫須教翡翠聞
王母不禁烏鳶噪鵲橋

鮑君徽

字文如善詩賦與宋若昭姊妹齊名德宗召
試文辭留與宋尚宮同備禁掖文學之任
其詩才從容雅靜不爲炫耀佳於昭憲矣

關山月

高高秋月明北照遼陽城塞迥光初滿風多暈更
生征人望鄉思戰馬聞鞞驚朔風悲邊草沙漠昏

虜營霜凝匣中劍，風憊原上旌。早晚謁金闕，不聞刁斗聲。

惜春花

枝上花，花下人，可憐顏色俱青春。昨日看花花灼灼，今日看花花欲落。不如盡此花下歡，莫待春風總吹却。鶯歌蝶舞媚韶光，紅爐煑茗松花香。粧成吟罷恣遊樂，獨把花枝歸洞房。

奉和御製麟德殿宴百僚

睿澤光寰海，功德展武韶。戈鋋清外壘，文物盛中

朝聖祚山河固宸章日月昭玉筵鸞鵠集仙管鳳凰調御柳新低綠宮鶯乍轉嬌願承億兆慶千祀奉神堯

張文姬

鮑參軍妻參軍未詳○詩思致清迥頗有筆力女中錚錚者

雙槿樹

綠葉競扶疎紅姿相照灼不學桃李花亂向春風落

池上竹

此君臨此池。枝低水相近。碧色綠波中。日日流不盡。

沙上鷺

沙頭一水禽。鼓翼揚清音。只待高風便。非無雲漢心。

溪口雲

一片溪口雲。纔向溪中吐。不復歸溪中。還作溪頭雨。

張夫人

侍郎吉中孚妻詞氣矯激聲調亦響新月首

最佳花鈿首稍低

古意

轆轤曉轉素絲綆。桐聲夜落蒼苔磚。涓涓吹溜若

時雨。濯濯嘉蔬非用天。丈人不解此中意。抱甕當

時徒自賢。

拜新月

拜新月。拜月出堂前。暗魄深籠桂。虛弓未引弦。拜

新月。拜月粉樓上鸞鏡未安臺蛾眉已相向拜新月。拜月不勝情月臨人自老望月更長生東家阿母、亦拜月一拜一悲聲斷絕昔年拜月逞容儀如今拜月雙淚垂回看衆女拜新月却憶閨中年少時。

春日雪

靄靄芳春朝雪絮起青條或值花同舞不因風自飄過罇浮綠醑拂幌綴紅綃那用持盃翫春懷不自聊。

誚喜鵲

疇昔鴛鴦侶。朱門賀客多。如今無此事。好去莫相過。

蔣縕

一名馥蔣彥輔孫女思致靈逸出語響快絕是高才能手女郎乃能如是

贈鄭女吉音

昨夜巫山中。失却陽臺女。朝來香閣裏。獨伴楚王語。豔陽灼灼河洛神。珠簾繡戶青樓春。能彈箜篌弄纖指。愁殺門外少年子。笑開一面紅粉粧。東園幾處桃花死。朝理曲。暮理曲。獨坐窗前一片玉。行也嬌。坐也嬌。見之令人魂魄銷。堂前錦褥紅地鑪。綠沉香爐傾屠蘇。解佩時時歌。芙蓉帳裏蘭麝滿。晚起羅衣香不斷。滅燭每嫌秋夜短。

贈故人

昔別容如玉。今來鬢若絲。淚痕應共見。腸斷阿誰知。

江采蘋

江采蘋

興化人九歲能誦二南父喜之故名采蘋開元中高力士以進明皇大見寵幸好淡妝雅服姿色明秀性愛梅所居悉植梅上因以梅妃稱之善屬文自比謝女有蕭蘭梨園梅花鳳笛玻盃剪刀綺窻諸賦會楊太眞擅寵遷妃于上陽宮上念之適夷使貢珍珠上以一斛賜妃妃不受以詩答謝上命樂府以新聲度之號一斛珠云。詩少婉曲一氣而出可

以想其怨憤不覺觸發之意

謝賜珍珠

桂葉雙眉久不描。殘粧和淚濕紅綃。長門盡日無梳洗。何必珍珠慰寂寥。

楊貴妃

楊貴妃

明皇寵之冠於六宮賜號太真其姊妹俱封夫人兄國忠爲相楊氏一時之盛祿兒安祿山得幸於妃出入宮禁無忌後祿山作亂京城騷動明皇西幸六軍呼噪亂由妃子上不得已賜妃縊死于馬嵬驛中。詩不爲佳都字字形容舞態出語波俏亦足見其風致可喜

贈張雲容舞

羅袖動香香不已。紅葉裊裊秋煙裏。輕雲嶺上作
搖風。嫩梛池邊初拂水。

宜芬公主

姓豆盧氏。有才色。天寶四載。以公主賜奚霫
質子爲配。遣中使護送。至虛池驛。公主悲愁
題詩於屏上。○詩通首明淨。三四兩句。怨而
不怒。含蓄得體。起結俱楚楚。固能詩者也

歸蕃題虛池驛中屏風

出嫁辭鄉國。由來此別難。聖恩愁遠道。行路泣相

看沙塞容顏盡邊隅粉黛殘妾心何處斷他日望長安

歷朝名媛詩詞卷四終

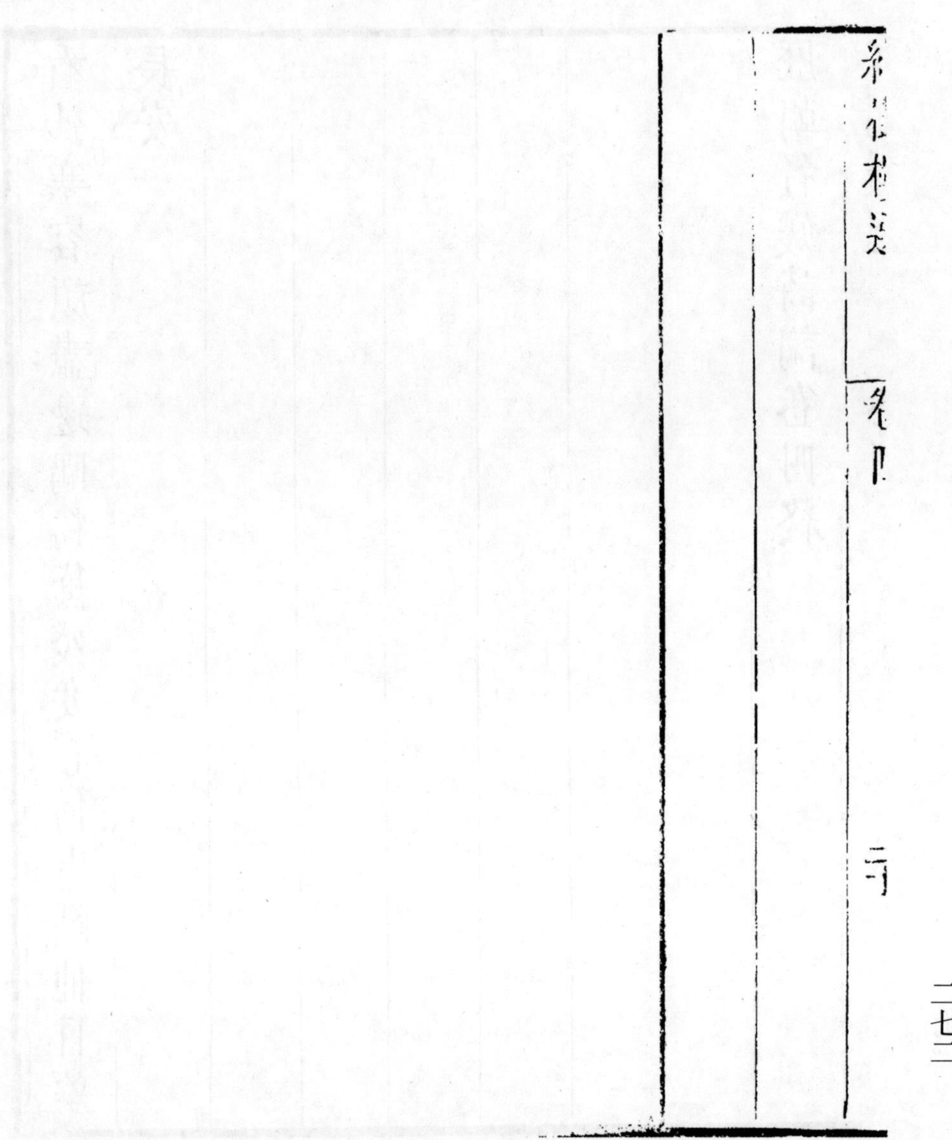

杜羔妻趙氏

歷朝名媛詩詞卷五

杜羔妻趙氏 一作劉氏

貞元時人善屬文夫羔仕至尚書○雜言一首極是古詩作手其他絕句詞氣葱倩能以筆墨游戲者勿認作輕薄也

雜言寄杜羔

從君淮海遊。再過蘭杜秋。歸來未須臾。又欲向梁州。梁州秦嶺西。棧道與雲齊。羌夷萬餘落。矛戟自高低。已念寡儔侶。復慮勞攀躋。丈夫重志氣。兒女空悲啼鴻邛邐遊地。肯顧濁水泥。人生賦命有厚薄。君但遨遊妾寂寞。

杜羔下第將至家寄以二絕

良人的的有奇才。何事年年被放回。如今妾面羞郎面。郎若來時近夜來。

傳聞天子訪沉淪。萬里懷書西入秦。早知不用無媒客。恨別江南楊柳春。

聞杜羔登第

長安此去無多地。鬱鬱葱葱佳氣浮。良人得意正

年少今日醉眠何處樓

代羔贈人

澹澹春風花落時不堪秋望更相思無金可買長門賦有恨空吟團扇詩

魏氏妹

魏求己之妹其外未詳其贈詩彷彿卓氏白頭吟意而不及卓之古峭然轉展敘述詞意黯淡亦不失爲能詩者

贈外

浮萍依緑水。弱蔦寄青松。與君結大義。移天得所
從。翰林無雙鳥。劒水不分龍。諧和類琴瑟。堅固同
膠漆。義重恩欲深。夷險貴如一。本自身不令。積多
嬰痛疾。朝夕倦牀枕。形體耻巾櫛。遊子倦風塵。從
宦初解巾。束裝赴南郢。脂駕出西秦。比翼終難遂。
銜柴苦未因。徒悲楓岸遠。空對榔園春。男兒不重
舊。丈夫多好新。新人喜新聘。朝朝臨粧鏡。兩鴛固
無比。雙蛾誰與競。誰憐愁思人。銜啼嗟薄命。蕣華
不足恃。松枝有餘勁。所願好九思。勿令虧百行。

夷陵女子

所傳二詩詞高節促起落飄忽頗奇是一妙手惜不知其始末

夷陵歌

明月清風良宵會同星河易翻歡娛不終綠樽翠杓爲君斟酌今夕不飲何時歡樂

楊柳楊柳裊裊隨風急西樓美人春夢中翠簾斜捲千條入

姚月華

月華幼聰慧夢月輪墜於粧臺覺而大悟未嘗讀書搦管輒有所得文詞絕妙隨父佑泊揚子江與一隣舟楊生詩詞往來每得生書讀數過即焚灰入醇酒中飲之謂之款中散後父歸舁去遂隔絕○按所載酬唱歌詞類小說中作人之有無事之果否皆不可信獨其詩如楚妃怨有期不至二首絕是才人高手豈復庸庸能造其效徐淑怨詩甚平平或人所擬爲之耳

怨詩效徐淑體

妾生兮不辰盛年兮逢屯寒暑兮心結夙夜兮眉顰循環兮不息如彼兮車輪車輪兮可歎妾心兮焉伸雜沓兮無緒如彼兮絲棼絲棼兮可理妾心兮焉分空閨兮岑寂妝閣兮生塵萱草兮徒樹茲憂兮豈泯幸逢兮君子許締兮殷勤分香兮剪髮贈玉兮共珍指天兮結誓願為兮一身所遭兮多舛玉體兮難親損餐兮減寢帶緩兮羅裙菱鑑兮慵啟博爐兮焉熏整襪兮欲舉塞路兮荊榛逢人

兮欲語。軨匝兮頑嚚。煩寃兮憑胷。何時兮可論。願
君兮見察。妾夾兮何嗔。

古怨

春草萋萋春水綠。對此思君淚相續。羞將離恨向
東風。理盡秦箏不成曲。

楚妃怨

梧桐葉下黃金井。橫架轆轤牽素綆。美人初起天
未明。手拂銀瓶秋水冷。

有期不至

銀燭清尊久延佇出門入門天欲曙月落星稀竟

不來煙柳朧朧鵲飛去

光威裒

光威裒

姊妹三人少孤聰慧聯句敏妙魚元機愛之和其韻。淺淺無甚出色而聲情嬋緩可誦獨是浪喜佯驚偏憐每憶四句平用不知變換是女郎詩也姊妹既著其名何失其姓殊不可解

聯句

朱樓影直日當午。玉樹陰低月已三。膩粉暗消銀鏤合。錯刀閒翦泥金衫。繡床怕引烏龍吠。錦字愁

敎青鳥銜百味練求憐益妒千花開處鬭宜男鴛鴦有伴誰能羨鸚鵡無言我自慚淚喜遊蜂飛撲撲作驚孤燕語喃喃偏憐愛數螆蛦掌穿憶光抽玳瑁簪。烟洞幾年悲尚在。星橋一夕悵空含。窗前時節羞虛擲。世上風流笑可諳。獨結香綃偷倒送。暗垂檀袖學通參。須知化石心難定。卻是爲雲分易甘。看見風光零落盡。絃聲猶逐望江南。

李冶

字季蘭五六歲時其父令咏薔薇云經時未

架邾心緒亂縱橫父恚之曰必失行婦也後爲女冠嘗與諸賢會集劉長卿有陰瘻疾治謂之曰山氣日夕佳劉對曰衆鳥欣有託其流蕩若此長卿稱其詩豪高仲武云季蘭詩自鮑照以下罕有其倫如遠水浮仙棹寒星伴使車五言之佳也○筆力矯亢詞氣清灑落落名士之風不似出女人手此其所以爲女冠歟

寄朱放

望水試登山山高湖又濶相思無曉夕想望經年月鬱鬱山木青緜緜野花發別後無限情相逢一時說

一相思怨

人道海水深不抵相思半海水尚有涯相思渺無畔攜琴上高樓樓虛月華滿彈得相思曲絃腸一時斷

聽蕭叔子彈琴賦得三峽流泉歌

妾家本住巫山雲巫山流泉常自聞玉琴彈出轉

寂覓疑是當時夢中聽。巫峽迢迢幾千里、一時流入深閨裏、巨石崩崖指下生。飛泉走浪紘中起。初疑憤怒含雷風、又似嗚咽流不通。回湍曲瀨勢將盡、時復滴瀝平沙中、憶昔阮公爲此曲。能使仲容聽不足、一彈旣罷還一彈。願比流泉鎮相續。

寄校書七兄

無事烏程縣、蹉跎歲月餘。不知芸閣吏、寂莫竟何如。遠水浮仙棹、寒星伴使車。因過大雷澤、莫惹幾行書。

湖上卧病喜陸鴻漸至

昔去繁霜月。今來苦霧時。相逢仍卧病。欲語淚先垂。强勸陶家酒。還吟謝客詩。偶然成一醉。此外欲何之。

送韓揆之江西

相看指楊柳。別恨轉依依。萬里西江水。孤舟何處歸。湓城潮不到。夏口信應稀。唯有衡陽雁。年年來去飛。

送閻二十六赴剡縣

流水閶門外。孤舟日復西。離情遍芳草。無處不萋萋。妾夢經吳苑。君行到剡溪。歸來重相訪。莫學阮郎迷。

春閨怨

百尺井欄上。數枝桃已紅。念君遼海北。拋妾宋家東。

明月夜留別

離人無語月無聲。明月有光人有情。別後相思人似月。雲間水上到層城。

魚元機

魚元機

字幼微有才思善文辭爲補闕李億箕帚

及愛衰爲女道士後以笞殺女童罪死有集

行世○詩文藻有餘格局不高大抵意致流

逸出入一槩情味語比李季蘭稍遜

賦得江邊柳

翠色連荒岸。烟姿入遠樓。影鋪秋水面。花落釣人

頭。根老藏魚窟。枝低繫客舟。蕭蕭風雨夜。驚夢復

添愁。

暮春有感

鶯語驚殘夢。輕粧收淚容。竹陰初月薄。江靜晚烟濃。濕觜銜泥燕。香鬚採蘂蜂。獨憐無限思。吟罷亞枝松。

寄飛卿

堦砌亂蛩鳴。庭柯烟露清。月中鄰樂響。樓上遠山明。珍簟涼風着。瑤琴寄恨生。稽君懶書禮。底物慰秋情。

早秋

嫩蒻含新彩。遠山閉夕煙。涼風驚綠樹。淸韻入朱絃。思婦机中錦。征人塞外天。雁飛魚在水。書信若爲傳。

隔漢江寄子安

江南江北愁望。相思相憶空吟。鴛鴦暖臥沙浦。鸂鶒閑飛橘林。烟裏歌聲隱隱。渡頭月色沈沈。含情咫尺千里。况聽家家遠砧。

寓言

紅桃處處春色。碧柳家家月明。樓上新粧待夜。閨中獨坐含情。芙蓉月下魚戲。螮蝀天邊鵲聲。人世悲歡一夢。如何得作雙成。

過鄂州

柳拂蘭橈花滿枝。石城城下暮帆遲。折碑峯上三閭墓。遠火山頭五馬旗。白雪調高題舊寺。陽春歌在換新詞。莫愁魂逐清江去。空使行人萬首詩。

詠毬作

堅圓淨滑一星流。月杖爭敲未擬休。無滯礙時從撥弄。有遮攔處任勾留。不辭宛轉長隨手。却恐相將不到頭。畢竟入門應始了。願君爭取最前籌。

又寄子安

醉別千巵不浣愁。離腸百結解無由。蕙蘭銷歇歸春圃。楊柳東西絆客舟。聚散已悲雲不定。恩情須學水長流。有花時節知難遇。未肯厭厭醉玉樓

秋思

自歎多情是足愁。況當風月滿庭秋。洞房偏與更聲近。夜夜燈前欲白頭。

迎李近仁員外

今日喜時聞喜鵲。昨宵燈下拜燈花。焚香出戶迎潘岳。不羨牽牛織女家。

江陵愁望寄子安

楓葉千枝復萬枝。江橋掩映暮帆遲。憶君心似西江水。日夜東流無歇時。

裴柔之

元稹妻稹自會稽到京未幾出鎮武昌柔之日歲杪到家鄉先春又赴任稹贈以詩曰窮冬到鄉國正歲別京華自恨風塵眼常看野

地花碧幢還照耀紅粉莫咨嗟嫁得浮雲壻

相隨即是家柔之亦以詩答之○觀贈答二

詩不甚低昂而其結句之滄江正暮春五字

郄警鍊勝於稹通首無一勁挺之句

答外

侯門初擁節御苑柳絲新不是悲殊命惟愁別近

親黃鶯遷古木珠履徙清塵想到千山外滄江正

暮春

龍城貴主

未詳二絶句詞意幽艷氣調亦高愈於庸手軟熟之作

寄人詩

羞解明璫尋漢渚。但憑春夢到天涯。紅樓日暮鶯飛去。愁殺深宮落砌花。

贈人詩

燕語春泥墮錦筵。情愁無意整花鈿。寒閨欹枕不成夢。香炷金爐自裊烟。

程長文

鄱陽人未詳即所敘述其冤憤可知海燕山花語極幽艷銅雀臺春閨怨二首皆佳作也

銅雀臺

君王去後行人絕。簫箏不響歌喉咽。雄劍無威光彩沈。寶琴零落金星滅。玉階寂寞墜秋露月照當時歌舞處。當時歌舞人不回。化爲今日西陵灰。

春閨怨

綺陌香飄柳如綫。時光瞬息驚流電。良人何處事功名。十載相思不相見。

箱有賣愁仍緩無時心轉傷故園有廣隔何處事蠶桑

春思

門前桃柳爛春輝閉妾深閨繡舞衣雨燕不知腸欲斷銜泥故故傍人飛

贈所別

與君咫尺長離別遣妾容華爲誰說夕望層城眼欲穿曉臨明鏡腸斷絶

愼三史

毘陵人適嚴瓘夫十年無嗣欲以禮出之愼留詩爲別瓘夫感之復聚如初○情至所激不著一字枝葉而語氣緩急轉合機棙靈敏似得詩家之法

留别

當時心事已相關雨散雲飛一餉間便掛孤帆從此去不堪重上望夫山

葛亞兒

未詳懷其人首探懷而出超逸中仍自宕折

會仙作詞氣鮮爽而仔細知三字又何蘊藉

也

懷良人

蓬鬢荆釵世所稀。布裙猶是嫁時衣。胡麻好種無人種，正是歸時不見歸。

會仙詩

彩鳳搖搖下翠微。烟花漠漠遍芳枝。玉窗仙會何人見，惟有春風仔細知。

烟霞迤邐接蓬萊。宫殿參差曉月開。群玉山前人別處紫鸞飛起望仙臺。

長孫佐輔妻

佐輔戍邊不歸寄書於妻妻荅之詩分三層只將一書字翻覆到底而著眼在同心二字通首無一閒筆故佳

荅外

征人去年戍邊水夜得邊書字盈紙揮刀就燭裁紅綺結作同心答千里君寄邊書書莫絕妾荅同心心自結同心再解不心離離字頻看字愁滅結

成一衣和淚封。封封書只在懷袖中。莫如書裏字難

久。願學同心長可同。

陳玉蘭

吳人夫王駕戍邊蘭製衣并詩寄之○一筆

揮洒意到筆到肯綮全在西風吹妾四字亦

能手也

寄外

夫戍邊關妾在吳。西風吹妾妾憂夫。一行書信千

行淚。寒到君邊衣到無。

劉元載妻

未詳其人〇一起將梅花和盤托出極得賦物之法二句欠佳三四用意寫入梅去是能不負題目

早梅

南枝向暖北枝寒〇一種春風有兩般〇憑仗高樓莫吹笛〇大家留取倚闌干〇

裴羽仙

張說妻說征戍久之裴寄衣賦詩〇寫思

慕之意情文幽細聲調俱佳惟後四句轉韻不免意竭詞短局法亦不合其邊將二首詞氣太放轉近麤率故不錄

寄征衣

深閨乍冷開香匣。玉筯微微濕紅頰。一陣香風殺栁條。濃烟半夜成黃葉。重重白練如霜雪。獨下寒階轉淒切。祇知抱杵搗秋砧。不覺西樓已無月。時聞寒雁聲呼喚。紗窗只有燈相伴。幾展齊紈又懶裁。離腸空逐金刀斷。細想儀形執刀尺。回刀剪破澄江色。愁捻銀針信手縫。惆悵無能試寬窄。時時褰袖勻殘淚。紅箋謾有千行字、書中不盡心中事。一半殷勤托邊使。

張琰

未詳何如人春詞二首微嫌瘦薄自屬女子聲口然觀其前首之日暮登高樓一轉筆力頗健仍落到小垂手不失分寸次首之春色一承疾轉那堪愁緒筆亦寬緊如意庸手不能辦也至銅雀臺首不事鋪敘收拾簡淨而

西陵墓數二句仍不空空放過從後人唱嘆見之更妙青苔一結將情景總收不負憑弔之意乃忽頓作五言句聲調亦極變動古峭可喜的是好詩毋謂女子臨文無有苦心也

春詞

垂柳鳴黃鸝，關關若求友。春情不可耐，愁殺閨中婦。日暮登高樓，誰憐小垂手。

昨日桃花飛，今朝梨花吐。春色能幾時，那堪此愁緒。蕩子遊不歸，春來淚如雨。

銅雀臺

君王寞寞不可見銅雀歌舞空徘徊西陵嘖嘖悲宿鳥空殿沈沈閉青苔青苔無人跡紅粉空相哀

梁瓊

未許詩通首只是一個平受遠不及張琰矣末二句耶警策抵得多少感歎與張詩並存使讀者如辨別之也

銅雀臺

歌扇向陵開齊行奠玉杯舞時飛燕列夢裏片雲

來。月色空遺恨。松聲莫更哀。誰憐未亡妾。掩袂下銅臺。

田娥

未詳其人携手一曲筆力旋轉能彈孤調中間行樂一句挑起通首前後遂不覺其峭直居然作手

携手曲

携手共惜芳菲節。鶯啼錦花滿城闕。行樂逶迤念容色。色衰祇恐君恩歇。鳳笙龍管白日陰。盈虧自感中天月。

李弄玉

李弄玉

會稽若耶溪人好以花卜自娛從夫至函關夫卒扶櫬而歸過三鄉題哀憤詩於壁後書二九子爲父後玉無瑕弁無首荆山石往有云以其姓名隱而不書○不用悲楚語隱口敘述聲情黯然明珠亭首以身入景中悽惋獨絕想見其幽隱之致

哀憤詩

昔逐良人西入關。良人身歿妾空還。謝娘衛女不

相見爲雨爲雲歸舊山

題與元明珠亭

寂寥滿地落花紅獨有離人萬恨中回首池塘更無語手彈珠淚背東風

劉雲

未詳玩其掩淚向浮雲佳矣玉井桐花二句生情生感以淡宕出之特妙媞好怨首朝花二句藏蓄怨意是眞善於寫怨者淺人不知

也

有所思

朝亦有所思暮亦有所思登樓望君處藹藹蕭關道掩淚向浮雲誰知妾懷抱玉井蒼苔春院深桐花落盡無人掃

婕妤怨

君恩不可見妾豈如秋扇秋扇尚有時妾身永微賤莫言朝花不復落嬌容幾奪昭陽殿

劉瑗

未詳其古意曲詞意不淺不深而情致正優

無盡五六一轉極緊峭合前四句無一字落空暗別離首有詞有意是以意入詞不是以詞作意極似李長吉而勝於長吉之詞多無理也

古意曲

梧桐堦下月團團。洞房如水秋夜闌。吳刀剪破機頭錦。茱萸花墜相思枕。綠窗寂莫背燈時。暗數寒更不成寢。

暗別離

槐花結子桐葉焦單飛越鳥啼青霄翠軒輾雲輕遥遥胭脂淚迸紅線條瑶草歇芳心耿耿玉佩無聲画屏冷朱絃瘖斷不見人風動花枝月中影青鸞脉脉西飛去海濶天高不知處

歷朝名媛詩詞卷五終

奎文萃珍

歷朝名媛詩詞

下册

[清] 陸昶 評選

文物出版社

薛濤

薛濤

字洪度本長安良家女父鄖因官留寓於蜀濤八九歲知詩其父一日指井梧曰庭除一古桐聳幹入雲中令濤續之濤曰枝迎南北鳥葉送往來風父愀然久之父卒年及笄以詩聞於外又能掃眉塗粉與時士遊韋皋鎮蜀召令侍酒賦詩欲以校書郎奏請之護軍不可而止濤出入鎮幕凡歷事十一鎮皆以

詩受知其間與濤倡和者元稹白居易牛僧孺令狐楚裴度嚴綬張籍杜牧劉禹錫張祜諸名士居浣花所能造松花紙及深紅小彩箋名於時晚歲居碧雞坊建吟詩樓棲息其上卒年七十二段文昌爲撰墓志○濤詩頗多才情軼蕩而時出閑婉女中少有其比然大都言情之作娓娓動人有十離詩殊乏雅道不足取也今所選者十之三亦可以知其槩矣

風花日將老。佳期猶渺渺。不結同心人。空結同心草。

那堪花滿枝。翻作兩相思。玉箸垂朝鏡。春風卿不知。

池上雙鳥

雙棲綠池上。朝暮共飛還。更忙將雛日。同心蓮葉間。

罰赴邊有懷上韋令公

聞說邊城苦。如今始到知。好將筵上曲。唱與隴頭

謁巫山廟

亂猿啼處訪高唐。路入煙霞草木香。山色未能忘宋玉。水聲猶似哭襄王。朝朝夜夜陽臺下。爲雨爲雲楚國亡。惆悵廟前多少柳。春來空鬬畫眉長。

春望詞

花開不相賞。花落不同悲。欲問相思處。花開花落時。

攬草結同心。將以遺知音。春愁正斷絕。春鳥復哀吟。

兒

題竹郎廟

竹郎廟前多古木夕陽沉沉山更綠何處江頭有
笛聲笛聲盡是迎郎曲

斛石山曉望寄呂侍御

曦輪初轉照仙扃旋劈煙嵐上窅冥不得元暉同
指點天涯蒼翠漫青青

游棠溪

春教風景駐仙霞水面魚身總帶花人世不思雲

月異競將紅纈染輕紗

試新服裁製初成

紫陽宮裏試紅綃仙霧朦朧隔海遙霜兎毳寒冰蠒靜孀娥笑指織星橋

長裾本是上清儀曾遂搴花把玉芝每到宮中歌舞會折腰齊唱步虛詞

贈遠

芙蓉新落蜀山秋錦字開緘到是愁閨閣不知戎馬事月高還上望夫樓

秋泉

冷色初澄一帶烟。幽聲遥瀉十絲紋。長來枕上牽情思。不使愁人半夜眠。

柳絮

二月楊花輕復微。春風飄蕩惹人衣。他家本是無情物。一向南飛又北飛。

送友人

水國蒹葭夜有霜。月寒山色共蒼蒼。誰言千里自今夕。離夢杳如關路長。

送盧員外

玉壘山前風雪夜。錦官城外別離魂。信陵公子如相問。長向夷門感舊恩。

上川主武相國二首

落日重城夕霧收。玳筵雕俎薦諸侯。因令朗月當庭燎。不使珠簾下玉鈎。

東閣移尊綺席陳。貂簪龍節更宜春。軍城画角三聲歇。雲幕初垂紅燭新。

送姚員外

萬條江柳早秋枝。裊地翻風色未衰。欲折爾來將贈別。莫教烟月兩鄉悲。

摩訶池贈蕭中丞

昔以多能佐碧油。今朝同泛舊仙舟。凄涼逝水頹波遠。惟有碑前咽不流。

和劉賓客玉蕣

瓊枝的皪露珊珊。欲折如披玉彩寒。閑拂朱房何所似。緣山偏映日輪殘。

送鄭眉州

兩點眉山江水流。離人掩袂立高樓。雙旌千騎駢東陌。獨有羅敷望上頭。

春郊遊眺寄孫處士二首

低頭久立向薔薇。愛似零陵香惹衣。何事碧溪孫處士。伯勞東去燕西飛。

今朝縱目翫芳菲。夾纈籠裙繡地衣。滿袖滿頭兼手把。教人識是看花歸。

贈楊蘊中

玉漏聲長燈耿耿。東牆西牖時見影。月明窗外子規啼。恐使孤魂愁夜永。

贈段校書

公子翩翩說校書。玉弓金勒紫綃裾。元戎莫便驕名譽。文采風流定不如。

酬杜舍人

雙魚底事到儂家。撲手新詩片片霞。唱到白蘋州畔曲。芙蓉空老蜀江花。

籌邊樓

平臨雲鳥八窗秋。壯壓西川四十州。諸將莫貪羌旗馬最高層處見邊頭。

湘驛女子

未詳詩二十字筆力超卓如出老手

題玉泉

紅葉醉秋色。碧溪彈夜絃。佳期不可再。風雨杳如年。

劉瑗

未詳淚痕一句太淺直花落黃昏得之矣

長門怨

雨滴梧桐秋夜長。愁心和雨到昭陽淚痕不學君恩斷。拭却千行更萬行。

學画蛾眉獨出羣。當時人道便承恩。經年不見君王面。花落黄昏空掩門。

廉氏

未詳峽中題不爲險奇語而幽深自在筆墨間此得之清氣者寄征人首結句深秀不落迹著之妙

懷遠

青林有蟬響。赤日無鳥飛。徘徊東南望。雙淚空沾衣。

峽中即事

清秋三峽此中去。鳴鳥孤猿不可聞。一道水聲多亂石。四時天氣少晴雲。日暮泛舟溪溆口。那堪夜永思氛氳。

寄征人

凄凄北風吹鴛被。娟娟西月生蛾眉。誰知獨夜相思處。淚滴寒塘蕙草時。

劉氏女

未詳詩意灑灑自如無吟咏之苦似老於詩者

明月堂

蟬鬢驚秋華髮新可憐紅隙盡埃塵西山一夢何年覺明月堂前不見人

玉鈎風急響丁東回首西山似夢中明月堂前人不到庭梧一夜老秋風

蕭妃

武陵王妃題本夜夢詩似恍惚而成着不得思議亦妙

夜夢

昨日夢君歸。賤妾下鳴機。極知意氣薄、不著去時衣。故言如夢裡。賴得雁書飛。

史鳳姬

宣城妓詩七首大抵刻意尚奇强作題目殊少風致兹選神鷄枕閉門羹二首聊存其畧

神鷄枕

枕繪鴛鴦久與棲。新裁霧縠鬥神鷄、與郎酣夢渾忘曉。鷄亦留連不肯啼。

開門詠

一旦聊共遊冶郎。去時忙與鎖倉琅。入門獨慕相如侶。欲撥瑤琴彈鳳凰。

崔仲容

未詳七律本不易作以女子爲之尤不易也仲容此詩中四句佳矣而小家氣喜其遍首

合於節度結二句朗暢幾欲與唐諸賢相上下矣

贈歌妓

水剪雙眸霧剪衣。當筵一曲媚春輝。瀟湘夜色怨猶在。巫峽曉雲愁不飛。皓齒乍分寒玉細。黛眉輕蹙遠山微。渭城朝雨休重唱。滿眼陽關客未歸。

戲贈

暫到崑崙未得歸。阮郎何事教人非。如今身佩上清籙。莫道落花霑羽衣。

閑朽〻

關盼盼

徐州張尚書妾特寵愛尚書殁歸彭城故居中有樓名燕子盼感舊恩不欲嫁居樓中十餘年白樂天有詩惜其不死盼和之以明已志遂旬日不食而卒○燕子樓感事詩三首悲凉黯淡字字哀音筆亦幽秀宜其爲世傳誦也

燕子樓感事三首

樓上殘燈伴曉霜。獨眠人起合歡床。相思一夜情多少。地角天涯未是長。

適看鴻雁岳陽迴。又覩元禽逼社來。瑤瑟玉簫無意緒、任從蛛網任從灰。

北邙松柏鎖愁烟。燕子樓中思悄然。自埋劍履歌塵散、紅袖香消二十年。

常指。

未嘗玩其詩短章促節仍自委婉愈覺風致悠然錬句錬局高手所不及

贈盧夫人

佳人惜顏色恐逐芳菲歇日暮出畫堂下堦見新月拜月仍有詞傍人那得知歸來玉堂下始覺淚痕垂

閨情

門前昨夜信初來見說行人卒未迴誰家樓上吹橫笛偏送愁聲向妾哀

崔鶯

崔鶯鶯

永寧尉崔鵬女母鄭與元稹爲中表適同寓河東普救寺時軍人大擾稹屬將黨護之崔免於難鄭命女出謝稹心動誘其侍女紅娘以詞挑之鶯答之題其篇曰明月三五夜遂通焉明年稹赴長安文戰不利久不至而崔竟委身於人稹至以外兄求見崔不出以詩絕之稹怨而作會眞記云○鶯詩所傳止二三首其絕詩有不勝怨恨之意措詞不煩

言外無盡若鶯鶯者亦可惜也此種詩令人不堪多讀

明月三五夜

待月西廂下。迎風戶半開。隔墻花影動。疑是玉人來。

絶微之

棄置今何道。當時且自親。還將舊來意。憐取眼前人。

初絶微之

自從消瘦減容光。萬轉千迴懶下床。不爲傍人羞不起。爲郎憔悴卻羞郎。

故臺城妓

未詳寥寥四句中情無限令人反復吟玩

金陵詞

宮中細草香紅濕。宮中纖腰碧窗泣。惟有虹梁春燕雛。猶傍朱簾玉鈎立。

步非煙

步非煙

咸通中參軍武公業妾容止纖麗不勝綺羅好詞章善秦聲尤工擊甌韻叶絲竹公業嬖之比鄰有趙生端秀有文偶於垣隙中窺見非煙厚賂門媪以詩誘之非煙答柬以蟬錦香囊贈之趙踰垣而從後公業知詰責非煙色動聲顫但曰生得相親死亦何恨不勝箠楚而死○女子情癡身殉不悔爲之黯然所遺詩詞柔情婉思如見其人

酬趙生

綠慘雙蛾不自持。只因幽恨在新詩。郎心應似琴心怨。脉脉春情更泥誰。

寄趙生蟬錦香囊

無力嚴妝倚繡櫳。暗題蟬錦思難窮。近來嬴得傷春病。柳弱花欹怯曉風。

寄懷趙生詩

畫簷春燕須同宿。蘭浦雙鴛肯獨飛。長恨桃源諸女伴。等閑花裏送郎歸。

贈趙生

相思只恨難相見。相見還愁却別君。願得化爲松上鶴。一雙飛去入行雲。

鮑四絃

鮑生妾鮑多蓄聲伎外弟韋生好駿馬一日同飲酒鮑以小姬佐酌既酣停盃闘馬鮑意欲之韋曰能以人換任選殊尤鮑命遣四絃盛妝出勸韋酒歌云云韋牽紫叱撥酬之○事頗豪然二人者皆無情哉絃二歌詞意春

吐若有所覩有心女子也

勸章酒歌

白露濕庭砌。皓月臨前軒、此時去留恨。含思獨無言

歌送酒

風颭荷珠難暫圓。多情信有短姻緣。西樓今夜三更月。還照離人泣斷絃、

劉采春

浙人元微之廉問浙東見其所作囉嗊曲贈詩歎賞今玩其詞直是名家上等好筆惜不知其人之始末如微之所贈詩庸詎得毋爲采春所笑

囉嗊曲

不喜秦淮水生憎江上船載兒夫壻去經歲又經年

借問東園柳枯來得幾年自無枝葉分莫怨太陽

偏、

莫作商人婦金釵當卜錢朝朝江口望錯認幾人

船、

那年離別日只道在桐廬桐廬人不見今得廣州

書、

昨日勝今日今年老去年黃河清有日白髮黑無

緣、

杜秋孃

金陵人年十五為李錡妾當製金縷詞〇詞

氣明爽手口相應其莫惜須惜堪折須折空

折層層宕跌讀之不厭可稱能事

金縷詞

勸君莫惜金縷衣。勸君須惜少年時。花開堪折直須折。莫待無花空折枝

元和內人

無姓氏嘲戲之詞郄軒豁不落瑣屑手筆不低可爲纖小者藥石

嘲陸暢吳音

十二層樓倚翠空。鳳鸞相對立梧桐。雙成走報監門外。莫使吳歈入漢宮。

周德華

未詳楊柳枝詞雖不以蘊藉爲能然須曲暢人情以詩太直而其二十年何問架有力落下便不漫散亦好

楊柳枝詞

清溪一曲柳千條、、、、、。二十年前舊板橋曾與情人橋上別、、、更無消息到今朝

王氏女

長安人姿容俊雅李章武見而悅之賃居其家通焉未幾武以事告歸以交頸鴛鴦綃并贈詩相訂王答以玉指環并詩後武久不還思憶成疾卒○詩三首其願郎句眞入情之語眷戀深矣安得不死

贈李章武

河漢已傾斜。神魂欲超越。願郎更迴抱。終天從此別念子還相思。見環重相憶。願君永持玩。循環無端極。

襄陽女

武補闕至峴山遇一妓於席間賦詩送武○邂逅流連遽成離恨情懷深矣而措語却蘊藉不蕩

送武補闕

弄珠灘上欲消魂。獨把離懷寄酒尊。無限烟花不留意。忍教芳草怨王孫。

章臺柳

章臺柳

李王孫姬也李與韓翃善柳謂李曰韓秀才非長貧賤者宜假借之李深頷焉一日酒酣命柳從坐韓愬辭李曰大丈夫相遇盃酒閒一言道合死且許之況一婦人哉柳竟歸韓來歲成名侯希逸奏爲從事柳在都下韓三載不果迎寄詩曰章臺柳昔日青青今在否縱使長柳似舊垂也應攀折他人手柳答詩遂爲尼後爲番將沙吒利所刼及韓隨希逸

人朝知之悵然不樂適讌會有中丞許俊被
酒起曰得員外手書數字當立致之乃急馳
至叱利第會叱利他出許因將軍墜馬且不
救遣取夫人往柳出許挾之上馬馳還一座
驚嘆希逸表聞詔柳仍歸韓焉○柳詩語不
多而胸情繚繞前後都到句法亦緊峭與韓
詩同一工妙

答韓節度

楊柳枝芳菲節可恨年年贈離別一葉隨風忽報

秋縱使君來豈堪折。

平康女

裴思謙及第後作紅箋小紙携至平康里欲與諸妓作倡和也妓遂取紅箋賦詩贈之○妓女欣幸之詞一帶紅牋十分媚氣却是藕

藕

書紅箋

銀釭斜背解鳴璫。小語偷聲喚玉郎。從此不知蘭麝貴。夜來新惹桂枝香。

盛小叢

李尚書訥爲浙東廉使夜登越城樓聞歌聲問之乃小叢歌突厥三臺詞也時崔光範侍御赴闕李餞之命小叢歌以勸酒在座各爲詩贈之其爲名流所重如此○其三臺詞妾本排宮格調都高唐賢名作未能多過

突厥三臺

雁門山上雁初飛馬邑闌中馬正肥日旰山西逢驛使殷勤南北送征衣

紅綃

紅綃

大歷中崔生者爲諸生父命往省勳臣一品疾生容貌如玉出語清雅一品忻禮之時座側三妓人皆絕艷一品命衣紅綃者以金甌貯緋桃沃以甘酪擎以與生生赧不食又命以匙進之生食已辭出命紅綃者送之生回顧紅綃者立三指又反掌者三又指胸前小鏡更無所言生歸恍然神迷家有崑崙奴磨

勒者問何事怏怏爲不報老奴能解釋也生告之磨勒曰小事何自苦生具白其手語勒曰第三院也十五也夜月圓望郎君至也生問何計能達勒曰無難其宅有猛犬立諸姬院門外人不可近老奴能斃之三更携鍊鎚往斃其犬回遂負生踰數重垣至第三院綃秉燭若有待生入姬驚喜曰何以得至生告之召勒入酌以金甌問能爲我脫否勒曰俱去可遂負生與姬出〇詩語無多有一種幽

艷之神在聲情之外不必問其事之奇也取

其詩亦非等閒

坐吟

深谷鶯啼別院香偷來花下解珠璫碧雲飄斷音

書絕空倚玉簫愁鳳凰

卓英英

未詳其人玩其一二起何便見心緒不隹至

末以艷花濃酒落到屬閒人自有情味可思

而不可言麤人不能辨

錦城春望

和風裝點錦城春。細雨如絲壓玉塵。漫把詩情訪清景。艷花濃酒屬閒人。

理箏

頻倚銀屏理鳳箏。調中幽意起春情。因思往事成惆悵。不得緱山和一聲。

趙鸞鸞

名妓作閨房五詠詩不甚作取其鏡臺邊安放筆硯不以塗脂抹粉為事終是芳秀之氣

選二首

雲鬟

漫攏香雲濕未乾。鴉領蟬翼膩光寒。側邊斜插黃
金鳳。粧罷夫君帶笑看。

檀口

銜杯微動櫻桃顆。咳唾輕飄茉莉香。曾見白家樊
素口。瓠犀顆顆綴榴芳。

薛仙姬

名妓姿容秀艷人稱爲仙姬作迴文詩反覆

成章時又稱爲小蘇○廻文詩安得佳然女郎爲之亦不厭薛四首俱流暢其月上孤村句頗清逸倒轉更適挺咏秋之蘆雪柳風二句俱不讓作手

回文咏春

花衆幾枝衆傍砌柳緑千縷細搖風霞明半嶺西斜日月上孤村一樹松

咏夏

凉回翠鈿冰人冷齒沁清風夏井寒香篆裊風青

縷縷。紙窗明月白鬪鬪。

詠秋

蘆雪覆汀秋水白。梛風凋樹晚山蒼。孤燈客夢驚
空舘。獨雁征書寄遠鄉。

詠冬

天凍雨寒朝閉戶。雪飛風冷夜關城。殷紅炭火鬪
爐灰。淺碧茶甌注茗清。

韓僕射姬

韓僕射續請韓熙載撰父神道碑珍貨外仍

奉一歌姬爲潤筆文成但敘譜系官秩及卒葬誄贈而已續封還意其歐䕫熙載亟以歌姬珍貨還之姬因題詩於泥金雙帶云○姬亦可人也此種怨歎正難輸寫玩其一二兩句極得情事怨不怨俱在言外末二句盡而不盡又黍活筆也詩固可取而熙載之文止敘秩譜大有風槩及還姬與珍貨尤卓絕不可不錄之以示能爲熙載者

將別

風梛擺擺無定枝。陽臺雲雨夢中歸。他年逢島音塵絕。留取尊前舊舞衣。

葛氏女

未詳其詞調開展不似兒女子情然詩意所主未明意已同三字不是處下大約三山瓊花中有迹著在也姑存之

和潘雍

九天天遠端烟濃。駕鶴驂龍意已同。從此三山山上月。瓊花開處照春風。

太原女

晉江人歐陽詹字行周登進士第薄遊太原於樂籍中有所眷者及歸訂期相迎尋除國子助教居京師籍中人思之不已疾亟以髻刀并詩以報絶筆而逝後詹得詩髻竟一慟亦卒○情之所感如是亦佳話也詩語淺而意深隱隱有淚痕在此爲真詩無取閒話一字

寄歐陽詹

自從别後減容光。半是思郎半恨郎。欲識舊來雲髻樣。爲奴開取縷金箱。

武昌女

失其姓名。韋蟾廉問武昌。及罷將行。賓僚祖席。蟾書悲莫悲兮生别離。登山臨水送將歸。以牋授客。請續之。座中皆思不屬。一妓曰。某不敢染翰。欲口占二句。韋異之。令卽寫出。座客無不稱美。韋卽命唱爲楊柳枝詞。極歡而罷。遂納之。同載而歸。○此詩起二句天然自

妙音韻俱高後二句從別離送歸宕漾生情而語氣靈警連上一片神行如此佳作何減名士風流

楊柳枝

悲莫悲兮生別離登山臨水送將歸武昌無限新栽柳不見楊花撲面飛

蜀

徐太妃

成都人姊妹二人皆國色蜀王建並納之爲

妃妹生衍衍立爲太后姊爲翊聖太妃姊妹

以詩相倡和太妃詩尤多詞致雅秀不落纖

艷時有壯濶之句

題金華館

碧雲紅霧撲人衣。宿路沾苔石磴危。風巧解吹松

上曲。蝶嬌頻采臉邊脂。同尋僻徑思携手。暗指遥

山學畫眉。好把身心清淨出。紉遮霞帔事希夷。

禱青城山回

翠驛江亭近玉亭。夢魂猶是在青城。比來出看江

山景。却被江山石出行。

徐太后

題謁丈人觀先帝聖容

聖帝歸梧埜。躬來謁聖顔。旋登三徑路。仍陟九嶷山。日照惟巖迫。雲横積翠間。斯修封禪禮。方佚再躋攀。

題灌州三學山王夜看聖燈

虔禱游靈境。元妃夙志同。玉香焚静夜。銀燭炫寥空。泉漱雲根月。鐘敲松杪風。印金標聖迹。飛石顯神功。滿望天涯極。西臨日脚紅。猿來齋室上。倚集講筵中。頭覺超三界。渾疑證六通。願成修偃事。社稷保延洪。

花蘂夫人

花蘂夫人

姓費氏幼能爲文尤工詩以才貌事孟昶號花蘂夫人嘗製宮詞百首才藻風流不減王建宋平蜀太祖憐其才重之後輸織室悲憂抑鬱不忘故君以罪賜死○所作宮詞清新俊雅具有才思想其風致自是一出色女子而才多命薄流離以死惜哉百首中工拙相半稍爲別擇愈見其佳正所以愛之也其答太祖一首可以知其非瑣瑣庸庸者太祖領

之有以哉

宮詞

五雲樓閣鳳城閒。花木長春日月閒。三十六宮連苑内。太平天子住崑山。

會眞廣殿約紅牆。樓閣相扶倚太陽。淨甃玉階橫水岸。御爐香氣撲龍牀。

離宮别院繞宮城。金版輕敲合鳳笙。夜夜月明花底樹。傍池長有按歌聲。

梨園子弟簇池頭。小樂攜來候燕游。旋炙銀笙先

按拍海棠花下合梁州

殿前排宴賞花開宮女侵晨探幾回斜望苑門遙
舉袖傳聲宣喚近臣來

自教宮娥學打毬玉鞍初跨柳腰柔上棚知是官
家認遍遍長贏第一籌

婕好生長帝王家常近龍顏逐翠華楊柳岸長春
日暮傍池行困倚桃花

羅衫玉帶最風流斜插銀篦帕裹頭聞得殿前調
御馬掉鞭橫過小紅樓

小小宮娥到內園。未梳雲鬢臉如蓮。自從賜與夫
人後。不使尋花亂入船。
半夜擺船載內家。水門紅蠟一行斜。聖人正在宮
中飲。宣使池頭旋折花。
酒庫新修近水旁。潑醅初入五雲漿。殿前供御頻
宣索。進入花間一陣香。
管絃聲急滿龍池。宮女藏鬮夜宴時。好是聖人親
促得。便將濃墨掃雙眉。
龍池九曲遠相通。楊柳絲牽兩岸風。長似江南好

風景畫船來去碧波中。

東內斜將紫禁通。龍池鳳苑夾城中。曉鐘聲斷嚴粧罷。院院紗窗海日紅。

殿名新立號重光。島上亭臺盡改張。但是一人行幸處。黃金閣子鎖牙床。

安排諸院接行廊。水檻周迴十里長。青錦地衣紅繡毯。盡鋪龍腦鬱金香。

廚盤進食簇時新。侍宴無非列近臣。日午殿頭宣索膾。隔花催喚打魚人。

立春日進內園花。紅蕋輕輕嫩淺霞。呈到玉階猶帶露。一時宣賜與宮娃。

御製新翻曲子成、六宮纔唱未知名。盡將觱篥來抄譜。先按君王玉笛聲。

旋移紅樹斸靑苔。宣使龍池更鑿開。展得綠波寬似海。水心樓殿勝蓬萊。

六宮宮職總新除。宮女安排入畫圖。二十四司分六局。御前頻見錯相呼。

春風一面曉粧成。偷折花枝傍水行。却被內監遙覷見故將紅豆打黄鶯。

供奉頭籌不敢爭。上棚等喚近臣名。內人酌酒纔宣賜。馬上齊呼萬歲聲。

翔鸞閣外夕陽天。樹影花光遠接連。望見內家來往處。水門斜過畫樓船。

新秋女伴各相逢。罨畫船飛別浦中。旋折荷花伴歌舞。夕陽斜照滿衣紅。

月頭支給買花錢。滿殿宮人近數千。遇著唱名多不語。含羞走過御牀前。

沉香亭子傍池斜。夏日巡遊歇翠華。簾畔澂盆盛
淨水。內人手裏剖銀瓜。
金画香臺出露盤。黃龍雕刻遶朱欄。焚修每遇三
元節。天子親簪白玉冠。
錦城上起凝烟閣。擁殿遮樓一面高。認得聖顏遥
望見。碧欄干映赭黃袍。
大臣承寵賜新莊。梔子園亭東院旁。每日聖恩親
幸到。板橋頭是讀書堂。
慢梳鬟髻著輕紅。春早爭求芍藥叢。近日承恩移

住處。夾城裡面占新宮。

別色宮司御輦家。黃衫束帶臉如花。深宮內苑叅承慣。常從金輿到日斜。

太液波清水殿凉。畫船驚起宿鴛鴦。翠眉不及池邊柳。取次飛花入建章。

海棠花發盛春天。遊賞無時引御筵。遶岸結成紅錦帳。暖枝猶拂畫樓船。

明朝臘日官家出。隨駕先須點內人。回鶻衣裝回鶻馬。就中偏稱小腰身。

鞍韉盤龍闘色裝。黃金壓胯紫游韁。自從揀得真龍骨。別置東頭小馬房。

翠輦每從城畔出。內人相次立池邊。嫩荷花裏搖船去。一陣香風送水僊。

宮娥小小艷紅粧。唱得歌聲遶畫梁。緣是太妃新進入。座前頒賜小羅箱。

池心小樣釣魚船。入玩偏宜向晚天。掛得綵帆教便放。隨風吹過水門邊。

嫩荷香撲釣魚亭。水面文魚作隊行。宮女悄來池畔看。傍籬呼喚勿高聲。

白藤花限白銀花。閤子當門寢殿斜。近被宮中知了事。每來隨駕使煎茶。

西毬場裏打毬回。御宴先於苑內開。宣索教坊諸妓樂。傍池催喚入船來。

新翻酒令著詞章。侍宴初聞憶却忙。宣賜近臣傳內本。書家院裏遍抄將。

後宮阿監裹羅巾。出入經過苑囿頻。承奉聖顏憂誤失。就中長怕內夫人。

窖色紅泥地火爐。內人冬日曉傳呼。今朝駕幸池頭宿。排比椒房得暖無。

三清臺近苑墻東。樓檻層層映水紅。盡日綺羅人度曲。管絃聲在半天中。

內人承寵賜新房。紅紙泥窗遶畫廊。種得海桐纔結子。乞求自進與君王。

金碧欄干倚岸邊。捲簾初聽一聲蟬。殿頭日午揺紈扇。宮女爭來玉座前。

侍女爭揮玉彈弓。金丸飛入亂花中。一時驚起流鶯散。踏破殘花滿地紅。

翠華香重玉鑪添。雙鳳樓頭曉日暹。扇掩紅鸞金殿悄。一聲清蹕捲珠簾。

春心滴破花邊漏。曉夢敲回鏡裏鐘。十二楚山何處是。御樓曾見兩三峰。

蕙炷香銷燭影殘。御衣熏盡徹更闌。歸來困頓眠紅帳。一枕西風夢裏寒。

口占答宋太祖

君王城上豎降旗。妾在深宮那得知。十四萬人齊解甲更無一個是男兒。

周仲美

父宦遊家於成都仲美適李氏從夫官金陵後棄官入華山不歸美攜子寄居合肥外祖家求歸未得會舅任長沙供職而南因書所懷於壁。詩甚懇摯不以悲憤傷性詩之正也江鄉腸斷二句晚唐出色之語

述懷

愛妾不愛子。為問此何理。棄官更棄妻。人情寧可

已永訣泗之濱遺言空在耳三載無昏朝孤幃淚如洗婦人義從夫一節誓生死江鄉感殘春腸斷驍烟起西望太華峰不知幾千里

任氏女

侍書侯繼圖妻先是任氏偶題詩桐葉上隨風吹去侯時寓僧寺拾墜葉上有詩貯之篋中後五年卜婚於任嘗諷其句氏曰此妾所題也侯令再書校葉無異其事若有天焉與天寶宮人御溝葉事同而任事更奇豈桐葉

乃有靈耶○詩一氣舒寫歷落自成一種中間願逐秋風起句通首關鍵一篇機棙前後承轉法脉極合不知者但美其筆氣之爽俊也

桐葉詩

拭翠斂蛾眉爲鬱心中事搦管下庭除書成相思字此字不書石此字不書紙書向秋葉上願逐秋風起天下有心人盡解相思死天下負心人不識相思字有心與負心不知落何地

黄崇嘏

黃崇嘏

臨邛人幼時僞爲男子以詩謁蜀相周庠庠薦攝府椽事甚明敏庠愛其才欲妻以女庠得其詩驚問之乃知爲黃使君女也未適人與老嫗同居以終其身事奇載說海甚悉〇詩甚平平無足錄第世多豔稱其事姑存之作一談資耳

薛蜀相妻女

薛拾翠碧江湄貧守蓬茅但賦詩自服藍衫居

郡掾承拋鸞鏡画蛾眉。立身卓爾青松操。挺志堅然白璧姿。幕府若容爲坦腹。願天速變作男兒

蓮花女

處士陳陶隱居西山操行清潔嚴謹節制洪州處其清苦遣侍女蓮花侍焉陶經月不一顧蓮花求去呈詩爲別○郎事實篤詩情不深只珍重虛勞四字一形怨嘆之意可弗錄也惟是陳之清節嚴之高誼存此詩令人想見兩賢不可及處

呈陳處士

蓮花爲號玉爲腮。珍重尚書遣妾來處士不生巫峽夢。虛勞雲雨下陽臺。

海印

慈光寺尼也自幼出家才思清俊詩有作意惜所傳無多

月夜乘舟

水色連天色。風聲益浪聲。旅人歸思苦。漁叟夢魂驚。舉棹雲先到。移舟月共行。旋吟詩句罷。猶見遠山橫。

宋

韓玉父

秦人幼時家錢唐李易安教之作詩適林子安林官於閩久不來迎玉父攜女奴往比至林已移官盱江乃復還次漠口題此詩○詩極爽朗不煩言而情事俱到筆有餘閒女中之矯矯者○

題漠口鋪

南行踰萬山。復入武陽路。黎明與雞興。理髪漢口鋪。盱江在何所。極目烟水暮。生平良自珍。羞爲浪子婦。知君非秋胡。强顔且西去。

李清照

李格非女。有才學。自號易安居士。適趙明誠。明誠故。再適張汝舟。常常反目。嘗與秦處厚書曰。猥以桑榆之晚景。配兹駔儈之下材。良可恨矣。有漱玉集三卷。朱晦菴語錄云。本朝婦人能文。只有李易安與魏夫人耳。○清照

詩不甚佳而善於詞雋雅可誦即如春殘絕

句薔薇風細一簾香甚工緻却是詞語也

曉夢

曉夢隨疎鐘。飄然躡雲霞。因緣安期生。邂逅萼綠

華。秋風正無賴。吹盡玉井花。共看藕如船。同食棗

如瓜。翩翩座上客。意妙語亦佳。嘲辭鬭詭辯。活火

分新茶。雖非助帝功。其樂莫可涯。人生能如此。何

必歸故家。起來斂衣坐。掩耳厭喧譁。心知不可見。

念念猶咨嗟。

感懷詩

寒窻敗几無書史。公路可憐今至此。青州從事孔方君。終日紛紛喜生事。作詩謝絕聊閉門。燕寢凝香有佳思。靜中我乃得至交。烏有先生子虛子。

皇帝閣

日月堯天大。璿璣舜歷長。或聞行殿帳。多是上書囊。莫是黃金籠。瓶除玉局牀。春風送庭燎不復用沉香。

貴妃閣

金環半后禮，鈎弋比昭陽。春生栢子帳，喜入萬年觴。

春殘

春殘何事苦思鄉。病裏梳頭恨最長。梁燕語多終日在，薔薇風細一簾香。

絶句

生當爲人傑。死亦作鬼雄。至今思項羽，不肯過江東。

歴朝名媛詩詞卷七終

魏夫人

見前　居然能作弔古詩聲情激越其中間點虞姬四句極簡括接入自己四句作襯便覺動宕有神起結俱慨爽都是一首好詩詩能如此其文可知聯翁所以稱也

虞美人

鴻門玉斗紛如雪。十萬降兵夜流血。咸陽宮殿三月紅。霸業已隨灰燼滅。剛强必死仁義王。陰陵失道非天亡英雄本學萬人敵。何用屑屑悲紅妝。三軍散盡旌旗倒。玉帳佳人坐中老。香魂夜逐劍光飛。青血化為原上草。芳心寂寞倚寒枝。舊曲聞來似斂眉。哀怨徘徊愁不語。恰如夜聽楚歌時。滔滔逝水流今古。漢楚興亡兩邱土。當年遺事久成空。慷慨尊前為誰舞。

謝希孟

字母儀。景山之妹。有幽閒淑女之風。以文辭為言詩有集行世。歐陽公為其序。芍藥詩

意致隱約別有古秀之氣

題芍藥

好是一時艷。本無千歲期。所以誰相贈。載之在聲詩。

汴梁宫人

汴梁宫人

失其姓氏宫詞用五言絶善避前人熟套亦是能惜筆墨也故其詩温雅簡潔而風致藹然其稍不熨貼者不錄

宫詞

一入深宫裏。經今十五年。長因批帖子。呼去御牀前。

殿前輪直罷。偷去賭金釵。怕見黄昏月。慇懃上玉階。

人間多棗栗，不到九重天。長被黃衫吏，花攤月賜錢。

邊奏行臺急，東華夜啟封。內人推步輦，不候景陽鐘。

畫燭雙雙引，珠簾一一開。輦前齊下拜，歡飲辟寒杯。

聖躬香閣內，只道下朝遲。扶杖嬌無力，紅銷貼玉肌。

今日天顏喜，東朝內閣開。外邊農事動，詔遣教坊回。

一向傳宣喚。誰知不復還。來時舊鍼線。記得在窗

間。

蒨桃

蒨桃

寇萊公妾能詩公嘗集妓女設宴賞綾絹獻詩二絶公和之貶嶺南道經杭州蒨病曰妾不起幸葬我天竺山下且謂公曰公宜自愛恐亦非久於世者公果卒於雷州○蒨迴非尋常妾婦之槩不失爲萊公家風詩語不在求工在於達意何等殷切至到足令後人傳誦

束綾詩

一曲情歌一束綾，美人猶自意嫌輕。不知織女寒窗下，幾度拋梭織得成。

王氏女

幼聰慧，父母爲擇配，未偶，適作咏懷詩，趙德麟見之，求娶焉，時謂二十八字媒也。詩：

片靈氣飛動，絕是好詩，却不脫女子口吻。

咏懷

白藕作花風已秋，不堪殘睡更回頭。晚雲帶雨歸飛急，去作西窗一枕愁。

王荆公女

吳安持妻思家心切以詩寄父公以新釋楞嚴經與之和詩曰青燈一點映窗紗好誦楞嚴莫憶家能了諸緣如夢幻世間應有妙蓮花。公非不欲其念家也亦是强爲酬答叶韻而已女詩清婉不失精味自好

寄父

西風吹入小窗紗、秋色應憐我憶家。極目江山千里恨。依然和淚看黃花、

永安驛女

不知姓氏女子題詩驛廡柱間劉後山讀而以詩哀之○女詩意甚憤苦欲說而仍不說出所謂咽在喉間不得放聲者也

題驛壁

無人解妾志。日夜常如醉。妾不是瓊奴。意與瓊奴類。

曹元寵母王氏

登樓眺望一時語到末爲作也以其不晦澁

而如意此種世所喜好存之

雪中觀妓

梁王宴罷下瑶臺。窄窄紅鞋步雪來。恰似陽春三月暮。楊花飛處牡丹開。

楊翁女

楊翁女常爲詩不過二句曰思亂不屬許嫁謝生七年忽作别離詩謂生曰逝水難駐千萬自保以首枕生膝而逝。其締盟首前二句居然名句後乃謝續是女舉動絶不猶人

亦奇也

締盟詩

珠簾、、、半床月。青竹、、滿林、、風。何事今宵景。無人解與同。

侯縣君

程珦妻封安縣君所爲聞鴈詩膾炙人口○詞意清真得襯托之法便令情味深婉末句落韻牽强不佳

聞雁

何處驚飛起雝雝過草堂早是愁無寐忽聞意轉
傷良人沙塞外羈妾守空房欲寄回文信誰能付
汝將

賈蓬萊

未詳觀其著意吟咏何何要好殊費心手似
是一等精思妙語却有多少可指摘處咏蝶
首輕倩不費力得好

秋夜

幽蘭露華重羅幌凉風動木匣掩香紈鏽衾誰與

共螢影度疎簾。歎燼寥寥。炯銀缸芳焰滅。自脫翠花鈿。

閨怨

露顆珠團團。冰肌玉釧寒。杏梁棲隻燕。菱鏡掩孤鸞。殘樹枯黃遍。圓荷濕翠乾。繡簾生畫色。窗下帶羞看。

春曉

方池冰影薄。曲檻鳥聲嬌。鸞鏡紅綿冷。蛾眉翠黛消。冶容舒嫩萼。幽思結柔條。纖指收花露。輕將雪

粉調

咏蝶

薄翅凝香粉。新衣染嫩黄。風流誰得似。兩兩宿花房。

謝娣惠鞋

蓮瓣娟娟遠寄將。纖羅猶帶指尖香。弓彎著上無行處。獨立花陰看雁行。

丁渥妻

詩清婉有女士之風丁渥在外夢見其妻作

詩欲寄及後得詩即夢中所見者亦奇也詩亦婉好

寄外

淚濕香羅袖。臨風不肯乾。欲憑西去雁。寄與薄情君。

崔球妻

所載情事與丁渥同未必有若是相合者非傳訛即僞撰也其詩絶不相侔丁委婉崔横軼大抵崔詩優也

寄外

數日相望極。須知志氣迷。夢魂不怕險。飛過大江西。

許氏女

許虞部女方勉妻好學能詩嘗讀鼂錯傳賦詩云匣劍未磨鼂錯血已聞刺客殺袁絲傑句也後勉於酒市犯夜禁被拘氏致詩於二尹鄭穀夫得釋詩曰齒鬆脆不堪青梅句佳

投鄭穀夫

明時樂事輸詩酒。帝里風光剩占春。况是白衣重得侶、不堪青綺自招人。早知玉漏催三鼓。不把金貂換百巡。大抵仕人憐氣類。肯教詩客作囚身。

鮑氏

未詳。詞極流利。却自頓宕而出。不是直寫。故佳。微吟得之。莫草草看也。

題信州杉溪驛

溪驛號名杉。烟花滿翠嵐。誰知今夜好。宿處是江南。

曹緼

性好詞翰作詩立成隨時遊湖尼菴觀諸尼作繡工尼乞詩即贈以集句復作繡鴛鴦一首詞極倩逸一時傳賞

繡鴛鴦詩

柴扉花嶼接江湖。頭白成雙得自如。春晚有時描一對。日長銷盡繡工夫。

李少雲

士族女無子棄家作道士服往來江湖間有

詩集嘗有詩曰一時栁絮風翻雪無數桃花
水浸霞句頗佳病中作梅花詩亦淡而有致
可謂善於吟咏

一　梅花

素艷明寒雪。清香任晚風。可憐渾似我。零落此山
中。

周韶

杭妓能詩蘇子容過杭太守陳述古宴之召
韶佐酒韶因子容求落籍時韶有服子容指

簾問白鸚鵡令作一絶援筆立就述古遂與
落籍○借題舒寫筆極灑然不粘不脫得詠
物言情之妙

白鸚鵡

隴上巢空歲月驚忽若回首自梳翎開籠若放雪
衣去長念觀音般若經

胡楚

與周韶同籍和韶之作○著筆在白上語氣
亦活寄人首深婉有味惟令威句稍膚

送周韶

淡妝輕素鶴翎紅。移入朱欄便不同。應笑西園舊桃李。強勻顏色待春風。

寄人

不見當年丁令威。年來處處是相思。若將此恨同芳草。猶恐青青有盡時。

龍靚

與胡楚同和周韶作。詞意亦佳。但只就人說脫了自黥武也。且予野者怨在言外。亦復

可思可味

送周韶

桃花流水本無塵。一落人間幾度春。解珮暫酬交甫意。濯纓還見武陵人。

呈張子野

天與羣芳十樣葩。獨分顏色不堪誇。牡丹芍藥人題遍。自分身如鼓子花。

朱淑真

朱淑真

浙人才色清麗罕有比者所偶非倫賦斷腸詩十卷以自解臨安王唐佐爲傳述其始末吳中士大夫集其詩二百餘篇宛陵魏仲恭爲之序○詩有雅致出筆明暢而少深思由其怨懷多觸遣語容易也然以閨閣中人能就筆硯著作成帙比諸買珠覓翠徒好眉嫵者不其賢哉所作刪餘尚存三十餘首可謂富矣

傷春

閑淚拋詩卷。無聊酒獨親。客情方惜別。心事已傷春。柳暗輕籠日。花飛半掩塵。鶯聲驚蝶夢。喚起舊愁新。

獨坐

捲簾待明月。拂檻對西風。夜氣涵秋色。擢河度碧空。草根鳴蟋蟀。天外叫冥鴻。幾許舊時事。今宵誰與同。

游湖歸晚

戀戀西湖景。山頭帶夕陽禽歸翻竹露果落響片塘葉。倚風中靜。魚游水底涼、半亭明月色。荷氣惱人香

秋日晚望

極目寒郊外。晚來微雨收。隴頭霞散綺。天際月懸鈎。一字新鴻度。千聲落葉秋。倚欄堪聽處。玉笛在漁舟。

晴和

海棠深院雨初收。苔徑無風蝶自由。百結丁香誇

美麗三眠楊栁弄輕柔。小桃酒膩紅尤淺。芳草寒餘綠漸稠、寂寂珠簾歸燕未。子規啼處一春愁，

春陰

陡覺湘裙剩帶圍，情懷常是被春欺。半簷落日飛花後。一陣輕寒微雨時。幽谷想應鶯出晚、舊巢都怪燕歸遲。間關幾許傷懷處。悒悒柔情不自持

問春

春到休論舊日情。風光還是一番新。鶯花有恨偏供我。桃李無言祇惱人。粉汗流乾清瘦面。帶圍寬

褪小腰身。東君負我春三月，我負東君三月春。

海棠

胭脂爲臉玉爲肌，未赴春風二月期。曾比溫泉妃子睡。不吟西蜀杜陵詩。桃羞艷冶頻回首。柳妬妖嬈祇皺眉。燕子欲歸寒食近，黃昏庭院雨絲絲。

湖上詠月

清宵三五京風發，湖上閒吟步明月。淌淌流水淺又清，皎潔長空纖靄滅。水光月色環相連，可憐清景兩奇絕。

喜雨

赤日炎炎燒八荒。田中無雨苗半黃。天工不放老龍懶。赤電驅雷雲四方。瓊瑰萬斛寫碧落。陂湖池沼皆泱泱。高田低田盡沾澤。農喜禾無枯槁傷。我皇聖德布寰宇。六月青天降甘雨。四海咸蒙滂沛恩。九州盡解焦熬苦。傾盆勢歇塵點無。衣袂生凉龍揮羽。江上數峰天外青。眼界增明快心腑。炎熱一洗無留迹。頓覺好風生兩腋。紗廚湘簟爽氣清。沉李削瓜浮玉液。傍池占得秋氣多。尚餘珠點綴圓荷。樓頭月上雲散盡。遠水連天天接波。

書窗即事

花落春無語。春歸鳥自啼。多情是蜂蝶。飛過粉牆西。

一陣挫花雨。高低飛落紅。榆錢空萬疊。買不住春風。

長宵

霜月照人情。迢迢夜未闌。鴛幃夢展轉。珠淚向誰彈。

春日雜詩

春來春去幾經過。不是今年恨最多。寂寂海棠枝上月。照人淸夜欲如何

自入春來日日愁。惜花翻作爲花羞。呢喃飛過雙雙燕。嗔我簾垂不上鉤。

淸晝

竹搖淸影罩幽窗。兩兩時禽噪夕陽。謝却海棠飛盡絮。困人天氣日初長

春宵

夢回酒醒春愁怯。寶鴨煙銷香未歇。薄衾無奈五更寒。杜鵑叫落西樓月。

飛雪滿群山

魏夫人置酒相邀。命小鬟隊舞。索詩以飛雪滿群山爲韵。醉中援筆而賦

香茵穩襯半鈎月。來往凌波雲影滅。絃催緊拍促將遍。兩袖翻紛作回雪。柳腰不被春拘管。鳳轉鸞回霞袖緩。舞徹伊州力不禁。從前撲簌花飛滿。

晴和

海棠深院雨初收。苔徑無風蝶自由。寂寂珠簾歸燕未。子規啼處一春愁。

立春前一日

梅花枝上雪初融。一夜高風欲轉東。芳草池塘冰未薄。柳條如線著春工。

中春書事

乳燕調雛出畫簷。遊蜂喧翅入珠簾。日長無事人慵困。金鴨香銷懶更添。

春日雜詩

栁絲軟軟颺東風。日色家家一樣同。嫩草皴烟開秀綠。小桃和露折香紅。

栁垂新線膩烟光。紫燕惺忪語画梁。午睡怨鶯雛唱罷。日移花影上窗香。

寓懷

菊有黃花籬檻邊。哀鴻聲杳下寒天。偏宜小閣幽窗下。獨自燒香獨自眠。

下湖郎事

晴波碧漾接長空。書舘春寒㑳曳風。隔岸誰家修竹裡。杏花斜映一枝紅。

夜雨

柳鬱無眠坐夜闌。窗風戰雨下琅玕。自將好况供陪夢。只恐燈花不耐寒。

三月三日

林花落盡草初齊。客裏蕭條思欲迷。又是春光夫時節、滿城飛絮亂鶯啼、

西樓

蛺蝶雙飛過曉窻。宿酲未醒倦梳粧。閒情俱付東流水。愁看春山畫不長。

書王庵道姑壁

短短牆圍小小亭。茅簷疎玉響泠泠。塵飛不到人長靜。一篆爐烟兩卷經。

東馬塍

一塍芳草碧芊芊。活水穿花暗護田。蠶事正忙農事急。不知春色爲誰妍。

春曉

挑盡殘燈夢欲迷。子規啼絕小樓西。紗窗偷眼天將曉。無數宿禽花下飛。

歷朝名媛詩詞卷八終

歷朝名媛詩詞卷九

朱后

欽宗后也與鄭太后俱陷於契丹遣送燕京番官押行強令陪飲后以死抗不爲所辱卒於燕年僅二十。怨歌二首前一首淚痕點滴後一首哭聲欲絕也事何可說恨何可說八字千古爲之酸鼻

怨歌

幼富貴兮。厭綺羅裳。長入宮兮。奉尊王。今委頓兮。

流落異鄉。嗟造物兮。速死爲强。

昔居天下兮。珠宫貝闕。今日艸莽兮。事何可訟屈

身辱志兮。恨何可雪。誓速歸泉下兮。此愁可絶

楊太后

南宋寧宗后也才敏好學作宮詞五十首久已失傳洪武中錢塘凌貢士家有鈔本爲梓行之。詞令藹然一種祥瑞之氣煌煌帝后制作固宜端厚原本唐山歌來不比花蕊輩以風致見長也

宮詞

瑞日曈曨散曉紅。乾元萬國珮丁東。紫宸北使班纔退。百辟同趨德壽宮。

元宵時雨賞宮梅。恭請光堯壽聖來。醉裏君王扶
上輦。鑾輿半仗點燈囘。
柳枝挾雨握新綠。桃蕊含風破小紅。天上春光偏
得早。豈栽宮殿五雲中。
溶溶太液碧波翻。雲外梅臺日月閑。春到漢宮三
十六。爲分和氣到人間。
曉窻生白已鶯啼。啼在宮花第幾枝。烟斷獸罏香
未絕。曲房朱戶夢囘時。
一簾小雨怯春寒。禁籞深沉白晝閑。滿地落花紅

不掃。黄鸝枝上語綿蠻。

上林花木正芳菲。内裡爭傳御製詞。春賦新翻入宫調。美人羣唱捧瑶卮。

海棠花裡奏琵琶。沉碧池邊醉九霞。禁籞融融春日静。五雲深護帝王家。

天中聖節禮非常。躬率群臣上壽觴。天子捧盤仍再拜。侍中宣達近龍床。

繞堤翠栁忘憂草。夾岸紅葵安石榴。御水一溪清徹底。晚涼時泛小龍舟。

宮殿鉤簾看水晶。時當三伏熾炎蒸。翰林學士知誰直。今日傳宣與賜氷。

雲影低涵柘子池。秋聲輕度萬年枝。要知玉宇凉多少。正在觀書乙夜時。

瑣窗宮漏滴銅壺。午夢驚回落井梧。風遞樂聲來玉宇。日移花影上金鋪。

凉秋結束闘炎新。宣入毬場尚未明。一朶紅雲黃蓋底。千官下馬起居身。

用人論理見宸衷。賞罰刑威合至公。天下監司一于石。姓名都在御屏中。

家傳筆法學光堯。聖帅真行說兩朝。天縱自然成一體。謾誇虎步與龍跳。

擊鞠由來豈作嬉。不忘鞍馬是神機。牽韁絕尾施新巧。背打星毬一點飛。

宮棵映日翠陰濃。薄暑應難到九重。節近賜衣爭試巧。彩絲新樣起盤龍。

一朶榴花插鬢鴉。君王長得笑時誇。內家衫子新番出。淺色裁成艾虎紗。

簾幙深深四面垂。清和天氣漏聲遲。宮中閤裏催繰繭、要趁穠纖作五絲。

小樣盤龍集翠裘。金羇緩控五花騮。繡旗開處鈞天奏、御棒先過第一籌。

盼盼

浯翁過盧有盧帥宴之令寵妓盼盼佐酒浯翁愛其聰慧贈以詞帥令歌以酬謝盼唱惜春容一関云盼作也。語意纒綿頗生共歸時一句甚有情味此首或即浯翁贈詩

惜春容

少年看花雙鬢綠。走馬章臺管絃逐。而今老更惜花深。終日看花看不足。坐中美女顔如玉。爲我一歌金縷曲。歸時壓得帽簷敧。頭上春風紅簌簌。

倦繡有感

坐繡日高花影移。天涯人怨動遐思。珠珠淚似針剌處。寸寸腸如線結時。欲圖分明非酒使。沉吟端的是心癡。鴛鴦一對團花巧。解語應須爲我悲。

邱氏女

邢舜中女姊妹皆能文辭每兄弟內集必吟咏爲樂氏詩凡作皆無多傳。意在寫遠作爲情況之致不説實好惟珊瑚二字稍累

寄外

簾裏孤燈覺曉遲。獨眠留得宿粧眉。珊瑚枕上驚殘夢。認得蕭郎馬過時

趙姬

樞密趙葵朝退歸私第諸姬皆不見葵徙察覘乃羣聚摘青梅一姬善爲詩責令賦之。

卽景就句口占鬆脆如啖青梅也

摘青梅

柝聲點報早朝回。滿院春風繡戶開。怪得無人理絲竹。綠陰深處摘青梅。

毘陵女子

士人女年甫十六姿性明秀人常傳誦其彼錢及彈琴詩甚有思致

題破錢

半輪殘月掩塵埃。依稀猶有開元字。想得清光未破時買盡人間不平事。

彈琴

昔年常笑卓文君。豈信綠桐解誤身。今日未彈心已亂。此心原是不繇人。

周姬

陳筑客閩與妓周氏情好甚。寄後筑登第。爲古田尉。至官。周以陳宇夢和寓意作詩寄之

。前二句一往一回。情文婉曲。格調俱佳。後二句倒入。亦復筆有餘閒。庸手不能辨何物

女郎靈妙若此

贈陳筑

夢和殘月過樓西。月過樓西夢已迷。喚起一聲腸

斷處、落花枝上鷓鴣啼、

溫婉

未詳絕是閨閣中語悠然致味本色風神其

香篆首祥烟繚席端香賢俟之語殊不類故

不錄

初冬有寄

萬木凋零苦。樓高獨凭欄。綿綿直夜永。誰念怯孤寒。

寄遠

小花靜院東風起。燕燕鶯鶯拂桃李。斜倚紅墻下遠人。樓外春山幾千里。

黃娥

黃嫌

王元妻元家貧獨好吟咏黃氏亦喜親書史夫婦共持雅操元每中夜得句黃必起燃燈燭供筆硯以俟好事者爲繪圖美之○詩止一首未爲出色如此佳人必有佳作惜不多見

聽琴詩

拂琴開素匣。何事獨顰眉。古調俗不樂。正聲公自知。寒泉出澗澁。老檜倚風悲。縱有來聽者。誰堪繼子期。

張仲妹

未詳觀二作俱分寫衡山隴頭是必沈在衡

山女在隴頭也詩有筆力此女亦自矯矯

贈沈警

洞簫響兮風生流。清夜闌兮絃管遒。長相思兮衡

山曲。心斷絶兮秦隴頭。

隴上雲飛不復居。湘川斑竹淚沾餘。誰念衡山烟

霧裡。空看鴈足不傳書。

葉桂娘

字月流商人女從父舟過琵琶亭有感作詩

。清江月夜觸景興懷不用別尋言語而自

亹亹無盡

題琵琶亭

樂天當日最多情。淚滴青衫酒重傾。明月滿船無

處問。不聞商女琵琶聲。

英州女

幼侍父任英州司寇代還過大庾以其嶺號

梅而無一梅乃植三十樹於道題以詩○詩意以欣動後人也若得此數女子成勝事矣世安有肯撥俸爲之者耶此事出於女子誠佳話也

題梅關

英江今日掌刑司○上得梅山不見梅○撥俸買將三十本○淸香留與雪中開○

劉氏

江寧人章文虎妻○語甚淺淺其前半首頗

佳非不能爲詩者存之

寄外

碧紗窗外一聲蟬。牽惹愁腸懶晝眠。千里才郎歸未得。無言空撥玉爐烟。

陳梅莊

新昌胡縣丞妻提刑陳仲徵女工文翰有集二卷閨閣中一詩人也。詩情閑婉落筆輕省女郎詩最不宜入艱澁一路似此恰好可以爲則

述懷

一寸柔腸萬疊縈。那堪更值此春情。黃鸝知我無情緒。飛過花梢禁不聲。

一片愁心怯杜鵑。懶教從任鬢雲偏。怕郎說起陽關意。常掩琵琶第四絃。

山城落日弄昏黃。又了平生半日忙。侍妾不須燒絳蠟。讓他明月入回廊。

黃氏女

嘉熙中閩人潘用中隨父寓居京邸潘喜弄

笛隔墻亦一樓相對一女子聞笛聲輙底簾窺望問知爲黄氏女孫也黄爲寶嬰仲與潘往訪之知女幼工詩潘乃以帕題詩裹胡桃擲去女亦以詩裹帕擲來潘復賄店嫗通殷勤不已潘父忽移寓去因隔絶生與女俱病甚父再各廉知其故而仲與上舍作合之遂諧伉儷焉其帕中詩喧傳都下達於禁中埋宗嗟歎以爲奇遇○詩語風流動宕亦復可人

感懷

欄干閑倚日偏長。短笛無情苦斷腸。安得身輕如燕子。隨風容易到君傍。

譚意歌

意歌喪親流落長沙年八歲寄養於人爲妓家晌得之容貌俊美工詞翰與汝州張某善張調官意餞别之日令之分袂難爲後期懷君之息數月矣君宜垂念别後寄詩云云張以親命納孫殿丞女未幾孫卒客有自長沙

來者云意掩戶不出買田百畝自給教其子張乃廸歸京師。眞切語有悽然不盡之致

寄外

瀟湘江上探春回。消盡寒冰落盡梅。願得兒夫似春色。一年一度一歸來。

廸倩女

延平人早孤能爲詩鄰家生陳彥卿時往來遂與通爲母所覺送憲副王剛中知其能詩命咏竹簾倩應聲而就剛中嘉美之判與彥

卿配詩。即物陳情思致自然貼合令人生

喜

題竹簾詩

緑筠劈破條條直。紅線輕開眼眼奇。爲愛如花成

片段。致令直節有參差。

賀方回姬

未詳詩語雅秀後二句有多少言不盡意意

不盡言之致鬪人心緒大都如此

答外

獨倚危樓淚滿襟。小園春色懶追尋。深思總似丁香結。難展芭蕉一寸心。

杜巧女

未詳其詩後二句有一片寄托之情有無限願望之意十字不是泛下髮者婢也

截髮詞贈裴生

截髮爲君贈。粧臺寄意深。願隨常作髮。妾鬢白頭吟。

謝金蓮

謝金蓮

字素秋妓也才色俱佳作紅梨花詩趙汝州愛其才遂娶之。詩頗跌宕不爲煩碎而溶溶月睡海棠襯副得好

答趙生紅梨花詩

本分天然白雪香。誰知今日却濃粧。鞦韆院落溶溶月。羞覩紅脂睡海棠。

韓希孟

巴陵女子魏公之裔適賈尚書子瓊北兵渡江被擄義不受辱書詩於衣帛上投江死越三日收其屍復得詩於練裙帶中。名家賢女守正捐生固不得以詩槩之然哀音憤志自難泯沒並錄之以告後人使知有此賢女也

書衣帛詩

妾本良家女。性僻守孤梗。嫁與尚書兒銜署紫薇

省直以才德合不棄宿瘤瘦初結合歡帶誓比日月炳鴛鴦會雙飛比目原當前豈期金石堅化作桑榆景旋頭勢正然蚩尤氣先屏不意風馬牛復及此燕鄴一方遭虜劫六族死俄頃退鷁落迅風孤鸞弔空影簪墜折白玉瓶沉斷青綆一死空冥冥憂心長炳炳妾志堅不移改邑不改井我本瑚璉器安肯作溺皿志節匪轉石氣噎如吞鯁不作爝火燃願爲死灰冷貪生念翅蛾乞憐羞虎穽借此淸江水葬死全首領皇天如有知定作血面請

願魂化精衛填海使成嶺

練裙帶中詩

我質本瑚璉宗廟供蘋蘩一朝嬰禍難失身戎馬間寧當血刃死不作衽席完漢上有王猛江南無謝安長號赴洪流激烈摧心肝

遼后

遼

遼后

未知是天祚時后否所作詞十首似宮詞非宮詞命曰回心院詞必有意旨一味無聊怨而不怒詞意婉曲而格局一新自是能手其絶命詞悲凉慘淡讀之惻然定是一賢后也

回心院詞

掃深殿。閉久金鋪暗。游絲絡網塵作堆。積歲青苔厚堦面。掃深殿。待君宴。

拂象牀。憑夢借高唐。敲壞半邊知妾臥。恰當天處少輝光。拂象牀。待君王。

換香枕。一半無雲錦。爲是秋來展轉多。更有雙雙淚痕滲。換香枕。待君寢。

鋪翠被。羞殺鴛鴦對。猶憶當時叫合歡。而今獨覆相思塊。鋪翠被。待君睡。

裝繡帳。金鉤未敢上。解却四角夜光珠。不教照見愁模樣。裝繡帳。待君貺。

疊錦茵。重重空自陳。只願身當白玉體。不願伊當薄命人。疊錦茵。待君臨。

展瑶席。花笑三韓碧。笑妾新鋪玉一床。從來婦歡不終夕。展瑶席。待君息。

剔銀燈。須知一樣明。偏是君來生彩暈。對妾故作青熒熒。剔銀燈。待君行。

爇薰鑪。能將孤悶蘇。若道妾身多穢賤。自沾御體香徹膚。爇薰鑪。待君娛。

張鳴箏。恰恰語嬌鶯。一從彈作房中曲。常和窗前風雨聲。張鳴箏。待君聽。

絕命詞

嗟薄祐兮多辛。羌作儷兮皇家。承昊穹兮下覆。近日月兮分華。托後鈞兮凝位。忽前星兮啟耀。雖釁纍兮黃狀。庶無罪兮宗廟。欲貫魚兮上進。乘陽德兮天飛。豈禍生兮無朕。蒙譏惡兮宮闈。將剖心兮自陳。冀回照兮白日。寧庶女兮多慚。遏飛霜兮下擊。顧女子兮哀頓。對左右兮摧傷。共西曜兮將墜。忽吾去兮椒房。呼天地兮憔悴。恨今古兮安極。知吾生兮必或。又焉爱兮旦夕。

元

劉宜

大同人至正間與姑華氏俱爲軍帥所擄華謂劉曰以汝芳年奈何劉曰有死耳華曰刎無刀縊無索劉曰當激賊怒以就殺耳乃相與罵賊被害劉先賦栢樹行以自誓云○古君子視死如歸殺身成仁不過如是以女子而能持大節甘刀鋸如飴誠異人也詩二十字堅金白璧不可磨滅

賦庭柏

群卉枯落時。挺節成孤秀。既保歲寒心。不在遐年壽。

龍游何節婦

龍游儒家至正間爲亂兵所掠裂帛題詩投江死。篤於倫理身殉不悔詩語了了出於肝膈不徒以流離悲苦傷心揮淚而已

裂帛詩

妾長來門十九春。豈期今逐虜囚奔。失身無補君

王事死節難酬夫婿恩江婦從教沉溺質月明誰
與弔孤魂。只愁父母難相見。願與來生作子孫

清風王節婦

臨海人元兵入浙氏被擄主將見其色美欲紿之王忿欲自殺將令諸俘婦守之途至剡嶺氏乘間嚙指出血書詩於崖石投崖下而死其血詩漬入石中陰雨則明如始書後人爲立祠石傍號爲清風嶺。傳載其舅姑與夫皆遇害氏送葬後乃死按詩曰夫而不知

何日見語似與傳不合中必有說詩但寫其胸次不漫作慷慨語而一片血淚可泣神鬼

題清風嶺

君王無道妾當災。棄女抛男逐馬來。夫面不知何日見。妾身還向幾時回。兩行怨淚偷頻滴。一對愁眉鎖不開。遙望家山何處是。存亡兩字實哀哉。

鄭允端

吳中施伯仁妻頗敏工詩與其夫村俗不諧以詩自遣所箸頗多好爲古體凡閨閣之筆

祇宜近體古詩局法音節未諧欲古而不古也畧存幾篇小詩頗幽秀有風致

題望夫石

良人有行役遠在天一方自期三年歸一去凡幾霜登山臨絶巘引領望歸航歸航望不及躑躅空徬徨化作山頭石兀立倚穹蒼至今心不轉日夜遥相望石堅有時爛海枯成田桑石爛與海枯行人歸故鄉

聽琴

夜深衆籟寂。天空缺月明。幽人據槁梧。逸響發清聲。一韻再三彈。中含太古情。坐深聽未久。山水有餘清。子期既物化。賞心誰與并。感慨意不已。天地空崢嶸。

題秋胡戲妻卷

婉彼曾姬姜。出採林下桑。遠人何處來。下馬古道傍。黄金致微言。少年爲貴郎。婦人秉素心。鐵石塡衷腸。豈爲物所移。古井波瀾揚。謝謝道傍子。請歌行路章。

羅敷曲

邯鄲秦氏女、辛苦爲蠶忙。清晨出採桑。採桑不盈筐。使君從南來、五馬多輝光、相逢在桑下。遺我雙鳴璫。聽婦前致詞。卑賤那可當。使君自有婦。羅敷自有郎。請君上馬去、長歌陌上桑。

擬擣衣曲

男兒遠向交河道。鐵馬金戈事征討。邊城八月霜風寒。欲寄戎衣須及早。急杵清砧擣夜深。玉纖銅斗熨貼平、裁縫製就衣裙襖、千針萬線始得成、封髩垂垂寄邊使。為與夫君奮忠義。好將勳業立邊陲。要使功名垂史記。

與人嫁女辭

種花莫種官路傍。嫁女莫嫁諸侯王。種花官道人折取。嫁女侯王不久長。花落色衰人易變。離鸞鏡破終成怨。不如嫁與田舍郎。白首相看不下堂。

題畫

誰寫江南景。風煙萬里覺。金銀闕佛寺。紫翠出林巒。遠客馳行役。幽人賦考槃。蒼茫無限意。撫卷寫

盤匜

題畫

青松遥望是桃花。去去仙源路不賒。便好解衣衝水過。洞中午飯熟胡麻。

水檻

近水人家小結廬。軒窗瀟洒勝幽居。凭欄忽聽漁榔響。知有小船來賣魚。

楮帳

昔隨阿母上蓬萊。雲氣如銀拂面來。今日夢中猶是見梅花相對一牀開。

龍泉萬節婦

龍泉人李君聞妻夫卒氏守節不渝有富室求婚父姑欲奪其志氏咏繡梅詩示意乃止詩亦清挺

繡梅詩

灑灑冰標別樣奇。歲寒心事有誰知。妾心正欲同貞白。枕上殷勤繡一枝。

歷朝名媛詩詞卷九終

嬌紅

蜀人王氏嘗與內兄申純訂生死之盟既而父許他姓紅悲怨成疾卒純聞亦不食死紅父以紅柩歸生合葬焉明年清明紅婢詣墳所見雙鴛鴦繞冢飛翔下上至今傳爲鴛鴦冢云○詩幽抑生情自有一種纏綿之致

題西窗

日影簾昔曉正醒。篆烟如縷午風平。玉簫吹盡霓變調。誰識鸞聲與鳳聲。

送別

臨別殷勤詩語長。云云去後早還鄉。小樓記取梅花約。目斷江山幾夕陽。

寄別中生

如此鍾情古所稀。吁嗟好事到頭非。汪汪兩眼西風淚。猶向陽臺作雨飛。

月有陰晴與圓缺。人有悲歡與會別。擁爐細語鬼神知。拚把紅顏爲君絕。

管夫人

管夫人

趙子昂妻字仲姬精於詩畫其畫竹最著名此奉中宮命題所畫梅夫人文翰必不止此惜少傳也

畫梅

雪後瓊枝嫩。霜中玉蕊寒。前村留不得。移入月中看。

梅花尼

未詳姓氏梅花絕句人皆稱善因號爲梅花

尼詩有悠然自得之趣此尼直已悟道不特詩句之佳也

詠梅花

終日尋春不見春。芒鞋踏破嶺頭雲。歸來笑撚梅花嗅、春在枝頭已十分、

余季女

臨海儒家女有容德善詞翰贅壻水宗道月餘宗道愧已不若辭歸閉戶讀書久不返季女賦詩九首招之不至女病且亟宗道忽夢

女謂曰妾委脫矣旋訃至宗道悲卒詩學離騷而何法頓宕別是一種音節乃能化舊爲新聲情絕隹

招外

妾誰怨兮薄命一氣孔神兮化生若甑春山娟兮秋水淨秉貞潔兮妾之性聊復歌兮遣興夜夢兮食梨命靈氛兮貞余占之曰行道兮遲遲歛角枕兮祭如風動帷兮心悲雲黯黯兮雪飛。棘夫子介兮如石。苦復留兮不得。

望平原兮太息。渺泗横兮沾臆。
送子去兮春樹青、望子來兮秋樹零。樹有枝兮枝
有英。我胡爲兮煢煢、子在此兮山城。
織女兮牛郎、豈謂化兮爲參商。欲逕渡兮河無梁。
霜露侵襲兮病偃在牀。嗟嗟夫子兮誰與縫裳。

韓鵑兒

未詳刻苦之作必有所因讀其詩想其情令
人慨然生感詩不磨矣

答龔舍人

莫言刺臂是尋常。刺入儂肌痛入郎。試取血書和淚照。墨痕千載骨猶香。

阿褴主

阿礚主

段功妻也意致獨出以蒙古語入詩自奇讀之可下酒一斗

愁憤詩

吾家住在鴈門深一片閑雲到滇海心懸明月照青天青天不語今三載欲隨明月到蒼山誤我一生踏裹彩吐嚕吐嚕段阿奴施宗施秀同奴歹雲片波潾不見人押不蘆花顏色改肉屛獨坐細思量西山鐵立霜瀟洒

孫蕙蘭

孫蕙蘭

傅汝礪妻六歲失母父教讀書聰慧能詩稍長習女工輒毀其稿曰女子當治織紝詞翰非所事也歸傅數年卒家人出其所作得十八首集爲綠窗遺稿○其詩清新淹雅女中卓然名家非淺淺也

春曉偶成

窗裡人初起○窗前柳正嬌○捲簾銜落絮○開鏡見垂條○坐對分金線○行防拂翠翹○流鶯空巧語○倦聽不

須調。

對茗

小閣烹香茗。疎簾下玉鈎。燈光翻出鼎。釵影倒沉甌。婢捧消春困。親嘗散暮愁。吟詩因坐久。月轉晚粧樓。

觴壽詩

燈前催曉粧。把酒向高堂。但願梅花月。年年醼壽觴。

春日對雪

來閣閣朝寒。妝成擬問安。忽聞春雪下。喚婢捲簾看。

題團扇

小小春羅扇。團圞秋月生。蟠桃花樹裏。繡得董雙成。

拂眉

自拂雙眉黛。何曾慣得愁。若教如翠柳。便恐不禁秋。

偶成九首

樓前楊柳發新枝。樓上春寒病起時。獨坐小窗無氣力。隔簾風斷海棠絲。

綠窗寂寞掩殘春。繡得羅衣懶上身。昨日翠帷新病起。滿簾飛絮正愁人。

幾點梅花發小盆。冰肌玉骨伴黃昏。隔窗久坐憐清影。閑劃金釵記月痕。

繡被寒多未欲眠。梨花枝上聽春鵑。明朝又是清明節。愁見人家買紙錢。

春雨隨風濕粉墻。園花滴滴斷人腸。愁紅怨白知多少流過長溝水亦香。

春風昨夜到桃開。正想瑤池月滿臺。欲折一枝寄王母。青鸞飛去幾時回。

空堦日晚雨纔乾。小婢相隨倚画欄。金釵誤掛緋桃落。羅袖愁依翠竹寒。

小窻今日繡鍼閒。坐對銀蟾整翠鬟。凡世何曾到天上。月宮依舊似人間。

庭院深深早閉門。停針無語對黄昏。碧紗窻外初生月。照見梅花欲斷魂。

鄭奎妻

未詳閨閣中詩字句間每多疵累至於古體尤難完善如此君作揮灑不費氣力而通體無一舛戾之筆中間佳語層見疊出學到純熟方能有此

春詞

春風吹花落紅雪楊柳陰濃啼百舌東家蝴蝶西家飛前歲櫻桃今歲結鞦韆蹴罷鬢鬖髿粉汗凝香沁綠紗侍女亦知心內事銀瓶汲水煑新茶

夏詞

芭蕉葉展青鸞尾。萱艸花含金鳳嘴。一雙乳燕出雕梁。數點新荷浮綠水。困人天氣日長時。針線慵拈午漏遲。起向石榴陰畔立。戲將梅子打鶯兒

秋詞

鐵馬聲喧風力緊。雲窗夢破鴛鴦枕。玉爐燒麝有餘香。羅扇撲螢無定影。洞簫一曲是誰家。河漢西流月半斜。要染纖纖紅指甲。金盤夜搗鳳仙花

冬詞

山茶半開梅半吐。風動簾旌雪花舞。金盤冒冷塑狻猊。繡幙圍春護鸚鵡。倚人呵筆画雙眉。脂水凝寒上臉遲。妝罷扶頭重照鏡。鳳釵斜壓瑞香枝。

惜花春起早

胭脂曉破湘桃萼。露重荼蘼香雪落。媚紫濃遮刺繡窗。嬌紅斜映鞦韆索。轆轤驚夢急起來。梳雲未暇臨妝臺。笑呼侍女秉明燭。先照海棠開未開。

愛月夜眠遲

香肌半釋金釵卸。寂寂重門深鏁夜。素魂初離碧海端清光已透珠簾鏽。徘徊不語倚闌干。參橫斗轉風露寒。小娃低語喚歸寢。猶過薔薇架後看。

掬水月在手

銀塘水滿蟾光吐。姮娥夜夜馮夷舞。蕩漾明珠若可捫。分明兎顆如堪數。美人自把濯春葱。忽訝冰輪在掌中。女伴臨流笑相語。指尖擎出廣寒宮。

弄花香滿衣

餘聲響處東風急。紅紫叢邊久凝立。素手攀條恐刺傷。金蓮移步嫌苔濕。幽芳擷罷掩蘭堂。馥郁餘香滿繡牀。蜂蝶紛紛入窗戶。飛來飛去繞衣裳。

題燈花

燦爛燈花向夜開。盈盈金粟墜銀臺。梨園料想無他事，祇是良人自遠來。

韓孃

吳仁叔肄業太學寄簡與妻韓氏開緘乃白紙一幅遂題詩復之仁叔得書喜答一詩曰

一幅空箋聊達意佳人端的巧能言賢妻若也投科試應作人間女狀元詩事俱妙佳話

也

折簡復外

碧紗窗下拆緘封。一紙從頭徹尾空。料想仙郎無別意。總人長在不言中。

曹妙清

字比玉號雪齋錢塘人工詩善琴行草皆有法三十始嫁風操高尚著有詩集楊廉夫爲之序。竹枝一絶乃和廉夫作詞氣盡警在竹枝爲高調

竹枝詞

美人絶似董妖嬈。家住南山第一橋。不肯隨人過湖去。月明夜夜自吹簫。

姑蘇薛氏

姑蘇人竹枝詞十首口齒鬆脆亦有思路止五六首可存因是竹枝體取其隨意落筆全錄之

竹枝曲

姑蘇臺上月團團。姑蘇臺下水潺潺。月落西邊有時出。水流東去幾時還。

虎丘山上塔層層。夜靜分歸見佛燈。約伴燒香寺中去。自將釵釧施山僧。

門泊東吳萬里船。烏啼月落水如烟。寒山寺裏鐘聲早。漁火江楓惱客眠。

洞庭金柑三寸黃。笠澤銀魚一尺長。東南佳味人知少。玉食無由進上方。

荻芽抽筍楝花開。不見河豚石首來。早起腥風滿城市。郎從海口販鮮回。

楊柳青青楊柳黃。青黃變色過年光。妾似柳絲易憔悴。郎如柳絮太顛狂。

翡翠雙飛不待呼。鴛鴦並宿幾曾孤。生憎寶帶橋頭水。半入吳江半太湖。

百尺高樓倚碧天。欄干曲曲畫屏連。儂家自有蘇臺曲。不去西湖唱采蓮。

賈雲華

錢塘人名娉娉賈平章女母莫先與魏家蕭氏有指腹之約蕭生鵬既長蕭造就賈而賈

母命以兄妹禮見生乃因侍婢致詞於姨私

諾舊盟母弗知也鵬登第任浙學提舉托人

講婚不允鵬旋以母憂歸而姨弟適授陝西

咸陽尹挈家俱去姨不勝悲思病卒臨終囑

婢致書與鵬集唐人句十首爲永訣詞云○

情致綢繆集句悽惋首首有淚痕想見其斷

腸時也

題魏生卧所

花郁芳菲二月時○名園剩有牡丹枝○風流杜牧還

知否。莫恨尋春去較遲。

七夕

梧桐枝上月明多。瓜果樓前艷綺羅。不向人間賜人巧。却從天上渡天河。

斜軃香雲簡翠屏。紗衣先覺露華零。誰云天上無離合。看取牽牛織女星。

永別詩 集唐

兩行清淚語前流。千里佳期一夕休。倚柱尋思倍惆悵。寂寥燈下不勝愁。

相見時難別亦難。寒潮惟帶夕陽還。鈿蟬金雁皆零落。離别烟波傷玉顔。

倚欄無語倍傷情。鄉思撩人撥不平。寂莫閉庭春又晚。杏花零落過清明。

自從消瘦減容光。雲雨巫山枉斷腸。獨宿孤房淚如雨。秋宵只爲一人長。

紗窗日落漸黄昏。春夢無心只似雲。萬里關山音信斷。將身何處更逢君。

一身憔悴對花眠。零落殘花倍黯然。人面不知何處去。悠悠生死別經年。

眞成薄命久尋思。宛轉蛾眉能幾時。漢水楚雲千

萬里。留君不住益妻其。

東歸冥漠魄歸泉。却恨青娥誤少年。三尺孤墳何

處是。每逢寒食一潸然。

物換星移幾度秋。鳥啼花落水空流。人間何事堪

惆悵。貴賤同歸土一坵。

一封書寄數行啼。莫動哀吟易慘妻。古往今來只

如此。幾多紅粉委黃泥。

元氏妹

元遺山妹爲女冠高雅不猶人善吟咏張平章欲娶之往探其所居見其補天花板詩悚然不敢言而退○題好詩好出語有一種孤峻之氣

補天花板詩

補天手段暫施張。不許纖塵落畫堂。寄語新來雙燕子。移巢别處覓雕梁。

吳氏女

吳伯固女貌美而慧能詞章其夫肄業太學三年不歸氏寄以詩○長篇古體原不容易局法音節多不合處而其灑灑敘去亦復詳細周匝作得一通書信

寄外

答君會奏三千牘。凜凜文風誰敢觸。鄉老薦賢親獻書。邦侯勸駕勤推轂。馬頭三揜登長途。謂君此去離場屋。整頓羅衣出送君。珠淚盈盈垂兩目。枕前一一向君言。馬頭猶自叮嚀囑。青衫寸祿少歸榮。莫道妾心成局促。秋天冬暮風雪寒。對鏡懶把金蟬簇。夢魂夜夜到君邊。覺來寂寂鴛鴦獨。此時行坐閉紗窗忍淚含情眉黛蹙。古人惜別日三秋。不知君去幾多宿。山高水濶三千里。名利使人復爾耳。昔年曾撥伯牙絃。未遇知音莫怨天。去年又奏相如賦。漢殿依前還不遇。時人不知雙字訛平川倏忽起風波。當時南宮聽罷音。教妾沉吟杵中心爲君滴下紅粉淚。紅羅帳裡濕鴛衾。憤憤調琴蟬鵲噪。默默吟詩怨桂林。千調萬撥不成曲爭那胸中氣相搆千思萬想不成詩心如死灰那得知料得君心當此際事國繁華開田地朝朝暮暮望君歸日在東隅月在西碧落翩翩飛過雁青山切切了俔啼望盡一月復一月不見音容寸腸結又聞君自河東來夜夜不敎紅燭滅鷄鳴犬吠側耳聽寂寂不聞車馬音自此知君無定止一片情懷冷似氷既無黄耳寄家書也合隨時寄雁魚日月逡巡又一年何事歸期竟杳然堂上雙親垂髮白用盡倚門多少力孟郊曾試游子行陟岵如何不

見情室中兒女一雙雙。頻問如何客異鄉。異鄉知是有才處。人情不免且契慕。低頭含淚告兒女。遊必有方況得所。八月涼風滿道途。好整征鞍尋舊路。吾鄉雖曰俊秀才。往往怕君頭角露。聖朝飛詔下來春。青氊早早慰雙親。飛龍公道取科第。男兒事業公卿志。筆下密密爲君言。書中重重寫妾意。秋林有聲秋夜長。願君莫把斯文棄。

劉燕歌

名妓信口成吟不著一字做作而千古句奇

快有哀梨并剪之趣

有感

憶昔歡娱不下床。盟齊山海莫相忘。那堪忽爾成

抛弃千古生憎李十郎。

洞庭劉氏

洞庭葉正甫妻。正甫久客在外。氏寄衣并詩

○喜其貞貫語無塗澤之靡

製衣寄外

情河牛女隔天河。又喜秋來得一過。歲歲寄郎身

上服、絲絲是妾手中梭。剪聲自覺和腸斷線腳那能抵淚多。長短只依先去樣。不知肥瘦近如何。

蘭烈婦

吉安曠家婦有殊色爲陳友諒部將所掠欲辱之蘭乃手刃其子題詩於壁擲筆自刎死友諒聞立廟旌之○天地壯烈之事乃在婦人奇氣亦閒氣也能感友諒誰無慨歎詩句何減金聲玉色不得以韻語目之

題壁

涇渭難分濁與清，此身不幸厄紅巾。孤兒豈忍更他姓，烈婦何曾事二人。自刃自揮心似鐵，黃泉欲到骨如銀。荒村日落猿啼處，過客聞之亦慘神。

崔琦

未詳味其語意當是欲追從師顏詩乃啄鳫託物言情之道也

示李師顏

已折彩翼乘丹鳳，肯閉雕籠伴綠衣。前路莫愁風力勁，同心自昔一行歸。

阮碧雲

未詳情思爽逸拈筆動宕而出亦復興味可

喜

郎事

東君情意漲如瀾。畫閣鴛衾夜不寒。十二樓中春

色滿。好花開遍玉欄干。

[illegible] 卷一 十九

歷朝名媛詩詞卷十六

歷朝名媛詩詞卷十一

隋

侯夫人

隋宮人。看梅作自嘆自解曲折達出心事吞吐有致筆極靈秀或亦作詩其二不錄

一點春

砌雪無消日捲簾時自顰庭梅對我有憐意先露枝頭一點春

閩后陳氏

未詳。不言怨而怨自在善於用筆伸縮如意

樂游曲

龍舟搖曳東復東。采蓮湖上紅更紅。波澹澹水溶溶。奴隔荷花路不通。

宋

盧氏女

天聖中父爲縣令隨父從漢川歸題泥溪驛壁。出語韶秀是女郎作也

蝶戀花

蜀道青天煙霧翳。帝里繁華迢遞何時至。回望錦川揮粉淚。鳳釵斜嚲烏雲膩。　綬帶雙垂金縷細。玉珮珠璫露滴寒如水。從此鸞妝添遠意。畫眉學得遙山翠。

舒氏

王齊叟彥齡妻夫婦皆善爲詞婦翁武人不相能怒邀其女歸竟離絕之女懷其夫作〻口齒嚦嚦寫亦真致其前後闊兩年時未妥

點絳脣

獨自臨池。悶來强把闌干凭。舊愁新恨。耗郤年時興。鷺散魚潛。烟斂風初定。波心靜照人如鏡。少個年時影。

延安夫人

蘇丞相子容之妹。明安語如意止

更漏子

小闌干深院宇依舊當時別處朱戶鎖玉樓空一簾霜日紅弄珠江何處是望斷碧雲無際凝淚

眼。出重城。隔溪羌笛聲。

范仲淹妻

未詳○清潋響快不作妮妮語作

伊川令

西風昨夜穿簾幕。閒院添蕭索。最是梧桐零落。迤邐秋光過。却人情音信難託。教奴獨自守空房。淚珠與燈花共落。

魏夫人

丞相曾子宣之室朱晦翁歎賞爲本朝婦人之能文者○詞筆跡秀無一拖沓之語是從能文得來晦翁稱之有以哉

菩薩蠻

溪山掩映斜陽裏。樓臺影動鴛鴦起。隔岸兩三家。出牆紅杏花。　綠楊堤下路。早晚溪邊去。三見柳綿飛。離人猶未歸。

好事近

雨後曉寒輕。花外早鶯啼歇。愁聽隔溪殘漏。正一聲淒咽。不堪西望去程賒。離腸萬回結。不似海棠花下。按凉州時節。

點絳脣

波上清風，畫船明月人歸後。漸消殘酒。獨自凭闌久。聚散匆匆，此恨年年有。重回首。淡煙疎柳。隱隱蕪城漏。

繫裙腰

燈花耿耿漏遲遲。人別後。夜凉時。西風瀟灑夢初回。誰念我。就單枕。斂雙眉。錦屏繡幌與秋期。腸欲斷。淚偷垂。月明還到小窗西。我恨你。我憶你。你爭知。

李清照

李清照

見前○易安以詞擅長揮灑俊逸亦能琢鍊最愛其草綠堦前暮天鴈斷樓似唐人其聲聲慢一闋張正夫稱爲公孫大娘舞劍器手以其連下十四疊字也此却不是難處因調名聲聲慢而刻意播弄之耳其佳處後又下點點滴滴疊四字與前照應有法不是草草落句玩其筆力本自矯拔詞家少有庶幾蘇辛之亞

鳳凰臺上憶吹簫

香冷金猊。被翻紅浪。起來慵自梳頭。任寶奩塵滿。日上簾鉤。生怕離懷別苦。多少事。欲說還休。新來瘦。非干病酒。不是悲秋。休休。這回去也。千萬遍陽關。也則難留。念武陵人遠。煙鎖秦樓。惟有樓前流水。應念我。終日凝眸。凝眸處。從今又添。一段新愁。

一剪梅

紅藕香殘玉簟秋。輕解羅裳。獨上蘭舟。雲中誰寄

錦書來雁字回時月滿西樓 花自飄零水自流
一種相思兩處閒愁此情無計可消除纔下眉頭
又上心頭

怨王孫

帝里春晚重門深院草綠堦前暮天雁斷樓上遠
信誰傳恨綿綿 多情自是多沾惹難拚捨又是
寒食也秋千巷陌人靜皎月初斜浸梨花

壺中天慢

蕭條庭院又斜風細雨重門須閉寵柳嬌花寒食

近種種惱人天氣。險韻詩成。扶頭酒醒。別是閒滋味。征鴻過盡。萬千心事難寄。樓上幾日春寒。簾垂四面。玉闌干慵倚。被冷香消新夢覺。不許愁人不起。清露晨流。新桐初引。多少遊春意。日高烟斂。更看今日晴未。

武陵春

風住塵香花已盡。日晚倦梳頭。物是人非事事休。欲語淚先流。聞說雙溪春尚好。也擬汎扁舟。只恐雙溪舴艋舟。載不動許多愁。

醉花陰

薄霧濃雲愁永晝。瑞腦噴金獸。佳節又重陽。玉枕紗幮半夜凉初透。東籬把酒黄昏後。有暗香盈袖。莫道不銷魂。簾捲西風。人比黄花瘦。

浣溪沙

樓上晴天碧四垂。樓前芳草接天涯。勸君莫上最高梯。新筍已成堂下竹。落花都入燕巢泥。忍聽林表杜鵑啼。

又

鬢子傷春慵更梳。晚風庭院落梅初。淡雲來往月踈踈。玉鴨熏爐閑瑞腦。朱櫻斗帳掩流蘇。通犀還解辟寒無。

聲聲慢

尋尋覓覓。冷冷清清。悽悽慘慘戚戚。乍暖還寒時候。正難將息。三盃兩盞淡酒。怎敵他晚來風急。雁過也。正傷心。却是舊時相識。滿地黄花堆積。憔悴損。如今有誰堪摘。守著窗兒。獨自怎生得黑。梧桐更兼細雨。到黄昏。點點滴滴。這次第。怎一箇愁字了得。

點絳脣

寂寞深閨，柔腸一寸愁千縷。惜春春去。幾點催花雨。　倚遍闌干，祇是無情緒。人何處。連天芳樹。望斷歸來路。

賣花聲

簾外五更風。吹夢無蹤。畫樓重上與誰同。記得玉釵斜撥火，寶篆成空。　回首紫金峯。雨潤煙濃。一江春浪醉醒中。留得羅襟前日淚，彈與征鴻。

吳淑姬

適士人楊子治所著有陽春白雪詞五卷。筆甚輕倩能以致勝人云不減易安都不及易安溫雅

惜分飛

岸柳依依拖金縷。是我朝來別處。惟有多情絮故來衣上留人住。兩眼啼紅空彈與。未見桃花又去征帆舉。斷腸遥指苕溪路。

祝英臺近

秋寂寞秋風夜雨傷離索老懷無奈淚珠零落
故人一去無期約尺書怨寄西飛鶴西飛鶴故人
何在水村山郭

如夢令

翠擘紅蕉影亂月上朱欄一半風自碧空來吹落
歌珠成串不見不見人被繡簾遮斷

孫夫人

孫夫人

鄭文秀州人肄業太學妻孫氏寄此詞一時傳播都下酒樓伎席皆歌之

憶秦娥

花深深。一鈎羅襪行花陰。行花陰。閑將柳帶。試結同心。　日邊消息空沉沉。畫眉樓上愁登臨。愁登臨。海棠開後。望到而今。

燭影揺紅

乳燕穿簾。亂鶯啼樹清明近。隔簾時度柳花飛。猶覺寒成陣。長記眉峯偷隱。臉桃紅猶藏酒暈。背人微笑。半彈鸞釵。輕籠蟬鬢。別久啼多。眼應不似當時俊。滿園珠翠。逞春嬌。沒個他風韻。若見賓鴻試問。待相將綵箋寄恨。幾時得見。鬭草歸來。雙鴛微潤。

風中柳

銷減芳容。端的為郎煩惱。鬢慵梳。宮妝草草。別離情緒。待歸來都告。怕傷郎。又還休道。利鎖名韁幾阻當年歡笑。更那堪。鱗鴻信杳。蟾枝高折。願從今須早莫辜負鳳幃人老。

滴滴金

月光飛入林前屋。風策策。度庭竹。夜半江城擊柝聲。動寒梢棲宿。　等閒老去年華促。祇有江梅伴幽獨。夢繞夷門舊家山。恨驚回難續。

美奴

陸藻侍兒。卜算子首踈爽不佻如夢令首微娣滑熟

卜算子

送我出東門作別長安道。兩岸垂楊鎖暮烟。正是秋光老。一曲古陽關。莫惜金尊倒。君向瀟湘我向秦。魚雁何時到。

如夢令

日暮馬嘶人去。船逐清波東注。後夜宿高樓。還肯思量人否。無緒。無緒。生怕黄昏踈雨。

慕容嵓卿妻

姑蘇癰熙寺月夜有客聞婦人歌此詞傳聞於時嵓卿驚曰此亡妻昔時作也詢之乃其

妻殯處。詞調俱佳聲情鮮爽生前佳作死

不能忘此婦靈秀所鍾惜其夭絕

浣溪沙

滿目江山憶舊遊。汀花汀草弄春柔。長亭艤住木蘭舟。　好夢易隨流水去。芳心猶逐曉雲愁。行人莫上望京樓。

王清惠

王清惠

宋昭儀入元爲女道士號冲華題於驛壁。詞氣懇摯以深婉爲悲涼筆極名貴文信國讀之至隨圓缺句曰夫人於此少商量矣針砭之意深哉東園友聞云此詞或傳爲昭儀下宮人張瓊英作有此說亦不可沒也

滿江紅

太液芙蓉。渾不是舊時顏色。曾記得承恩雨露。玉樓金闕。名播蘭簪妃后裏。暈潮蓮臉君王側。忽一

朝鼙鼓揭天來。繁華歇。龍虎散。風雲滅。千古恨。憑誰說。對山河百二。淚沾襟血。驛館夜驚塵土夢。宮車曉碾關山月。願嫦娥相顧肯從容。隨圓缺。

徐君寶妻

岳州人。被擄至杭。數欲犯之。以計脫免。題詞於壁。投池中死。悲涼慷慨。有丈夫槩。出色女子。才節兩絕。在王冲華之右

滿庭芳

漢上繁華。江南人物。尚遺宣政風流。綠窗朱戶。十

里爛銀鈎。一旦刀兵齊舉。旌旗擁。百萬貔貅長驅入歌樓舞榭。風捲落花愁。　清平三百載。典章人物。掃地都休。幸此身未北。猶客南州。破鑑徐郎何在。空惆悵相見無由。從今後。斷魂千里。夜夜岳陽樓。

金德淑

宋宮人入元歸章邱李生。語調高逸詞之有格力者

望江南

春聯起。積雪滿燕山。萬里長城橫縞帶。六街燈火已闌珊。人在玉樓間。

琴操

琴操

杭州妓後爲尼○杭倅偶唱秦少游詞畫角聲斷譙門而誤譙門爲斜陽琴操言之倅令曰汝能改韻否操即改爲陽韻字字妥帖而斜陽又勝於譙門倅欣然亦知音者也東坡聞而嘆賞之少游若知當拜倒耳

滿庭芳

山抹微雲天連衰草畫角聲斷斜陽暫停征轡聊共飲離觴多少蓬萊舊侶頻回首煙靄茫茫孤村

裏。寒鴉萬點。流水遶紅牆。魂傷當此際。輕分羅帶。暗解香囊。謾贏得秦樓薄倖名狂。此去何時見也。襟袖上空有餘香。傷心處。長城望斷。燈火已昏黃。

聶勝瓊

長安妓。歸李之問。寄別之作。語氣調暢。不落俗筆

鷓鴣天

玉慘花愁出鳳城。蓮花樓下柳青青。尊前一唱陽

關曲別個人人第五程。尋好夢夢難成有誰知我此時情枕前淚共階前雨隔著窗兒滴到明

蜀中妓

未詳。送行即事語語清快而意自警至可喜

市橋柳

欲寄意渾無所有折盡市橋官柳看君著上春衫又相將放船楚江口　後會不知何日又是男兒休要鎮長相守苟富貴無相忘著相忘有如此酒

玉英

未詳。尺壁志云是仙女作觀詞意的是閨秀絶無涉一仙語詞極閒婉是一有風度女子

浪淘沙

塞上早春時。暖律猶微。柳舒金線水回隄。料得江鄉應更好。開盡梅蹊。　晝漏漸遲遲。愁損香肌。幾回無語斂雙眉。凭遍闌干十二曲。日下樓西。

戴石屏妻

江西武寧人失其姓氏送夫歸浙知其冢已有妻贈以詞遂投江死。詞意慘惻非泛作離别語者此眞字字是淚也

碎花箋

惜多才。憐薄命。無計可留汝。揉碎花箋。忍寫斷腸句。道傍楊柳依依。千絲萬縷。抵不住一分情緒。捉月盟言不是夢中語。後回君若重來。不相忘處把杯酒澆奴墳上土。

陳鳳儀

成都妓。頗亦清脆前半閑住

一絡索

蜀江春色濃如霧。擁雙旌歸去。海棠也似別君難。一點點啼紅雨。此去馬蹄何處。向沙堤新路。禁林賜宴賞花時。還憶著西樓否。

劉燕哥

妓。葱倩之筆讀之心爽

太常引

故人別我出陽關。無計鎖雕鞍。今古別離難。兀誰畫蛾眉遠山。一尊別酒一聲杜宇寂寞又春殘。明月小樓閒。第一夜相思淚彈。

章麗貞

宋宮人。踈爽有致末句稍腐

長相思

吳山秋。越山秋。吳越兩山相對愁。長江不盡流。風颼颼。雨颼颼。萬里歸人空白頭。南冠泣楚囚。

袁正真

宋宮人。前半踈朗後半幽艷

長相思

南高峯北高峯南北高峯雲淡濃湖山圖畫中采芙蓉賞芙蓉小小紅船西復東相思無路通

管道昇

字仲姬兒前。一筆寫下山月曉風二句清矯得力是他寫竹妙手

漁父詞

遊想山堂數樹梅凌寒玉蕊發南枝山月照曉風吹只爲清香苦欲歸

韓玉

未詳按宋有女子韓玉父杭州人李易安教以作詞令玩其詞意自是閨中人語○詞致俏逸善寫情思不落一閑筆番槍子首尤動宕轉折如意

且坐令

閑院落○悞了清明約○杏花雨過胭脂綽○緊了秋千索○鬬草人歸○朱門悄掩○梨花寂寞○　書滿紙○恨憑誰託○纔、○封了又、○揉却○知他何處貪歡樂○引得我心、、、

兒惡怎生全不思量著那人人情薄

番槍子

莫把團扇雙鸞隔要看玉溪頭春風客妙將風格
蕭閒翠羅金縷瘦宜窄轉面兩眉攢青彩色　到
此月想精神花生秀質待與不清狂如何得奈他
難駐朝雲易成春夢恨又積送上七香車春草碧

無名氏

如嗔如喜如說如訴八句一氣轉折亦妙

醉公子

門外猧兒吠。知是蕭郎至、剗襪下香堦、冤家今夜醉。[illegible]扶得入羅幃。不肯脫羅衣、則從他醉、還勝獨睡時。

無名氏

姿致婉秀閨中名手也

後庭宴

千里故鄉。十年華屋、亂魂飛過屏山簇。眼重眉褪不勝春、菱花知我銷香玉。 雙雙燕子歸來、應解笑人、幽獨。斷歌零舞、遺恨清江曲。萬樹綠低迷一庭紅撲簌。

歷朝名媛詩詞卷十一終

崔氏女

范陽盧充家西三十里有少府墓充一日獵射一麞走充逐之忽至一里門如府舍問曰少府府也迎充進見少府曰近得尊府君書爲君索小女婚故相延耳以書示充充見父手迹欷歔無辭崔郎勅内令女裝嚴使充就東廊成禮爲夫婦三日崔曰君可歸矣女有娠生男當相還遂具車相送執手涕別充倏忽至家見家人推

問乃知入崔府君墓居四年三月臨水際見一犢車乃崔女與三歲小兒共載充欣然就之女抱兒還充又與金盌并贈詩忽不見車將兒還充旋詣市賣盌冀有識者適有老婢問盌之由還報其家即女姨也迎兒曰我姊女未嫁而卒家親痛之贈一金盌著棺中令視盌是也并令見兒有崔女狀曰三月末産春暖溫也願歸休也即字溫休兒後成令器歷世貴顯云○詩大似魏晉人作情文幽至甚非淺淺

贈盧充

煌煌靈芝質。光麗何猗猗。華艷當時顯。嘉異表神奇。含英未及秀。中夏罹霜萎。榮曜長幽滅。世路永無施。不悟陰陽運。哲人忽來儀。會淺離別速。皆由靈與祇。何以贈余親。金盌可頤兒。愛恩從此別。斷絕傷肝脾。

蘇小小

樂府廣詩曰蘇小小錢塘名倡也南齊時人西陵在錢塘江西又云蘇小小一名簡簡宋司馬

熈時夢小小牽帷作歌蘇子瞻出遊西陵尋其墓在西陵山下立碑記焉○詩幽婉而有頓宕語氣簡古樂府遺製

西陵歌

芳乘油壁車郎騎青驄馬何處結同心西陵松栢下○

劉妙容

字稚華賢令劉惠明女二婢曰春條曰桃枝皆善絃筷能歌相繼俱卒有曾儈王敬伯爲東宮

衛佐過吳登中潸亭望月倚琴歌泣露之詩俄見一女郎從二婢至姿容美麗曰悅君之琴故來相見命大婢酌酒小婢彈箜篌歌宛轉之歌女郎脫金釵扣絃和之將去留錦臥具繡香囊爲贈敬伯報以牙火籠玉琴軫悵然而別敬伯至虎牢戍値患明知舟中失臥具敬伯具以告患明亦於幃中得火籠琴軫乃知爲妙容春條桃枝也。二歌抑揚委婉情文兼至其音節之妙不虛名宛轉矣

宛轉歌

月既明。西軒琴復清。寸心斗酒爭芳夜。千秋萬歲同一情。歌宛轉。宛轉悽以哀。願爲星與漢。形影共徘徊。

悲且傷。參差淚成行。低紅掩翠方無色。金徽玉軫爲誰鏘。歌宛轉。宛轉清復悲。願爲煙與霧。氤氳對容姿。

苧蘿川女

王軒遊諸暨。過西施灘。題詩曰。嶺上千峯秀。江邊衆草春今逢浣溪石不見浣溪人軒回顧有女子素衣瓊佩呼軒與語以詩留軒久之乃歸時有郭素者聞其事亦往留詩寂無所見或嘲之曰三春桃李苦無言却被斜陽鳥雀喧借問東隣效西子何如郭素學王軒○西子之殁久矣豈美人之魂終不滅耶抑别有靈鬼假託之耶其事不可信而詩頗佳語氣幽遠逈出塵俗之外似非火食人能作錄第二首

答王軒

高花巖外曉相憐。幽鳥雨中啼不歇。紅雲飛過大
江西。從此人間怨風月。

王麗真

詞見才鬼錄及詞律。語氣靈警。迥非凡響

字字雙

床頭錦衾斑復斑。架上朱衣殷復殷。空庭朗月閒
復閒。夜長路遠山復山。

衛芳華

永嘉滕穆僑居臨安。月夜於聚景園遇一女子

詠此詞自言其名故宋宮人也。情悲語到却妥帖不似鬼作

木蘭花慢

記前朝舊事。曾此地會神仙。向月地雲階。重携翠袖。來拾花鈿。繁華總隨流水。歎一場春夢杳難圓。廢港芙蓉滴露。斷堤楊柳垂烟。　兩峯南北只依然。輦路草芊芊。悵別館離宮。煙銷鳳蓋。波浸龍船。平時玉屏金屋。對漆燈無焰夜如年。落日牛羊壠上。西風燕雀林邊。

吳城小龍女

黃魯直於荆州亭柱間見此詞夜夢一女子云有感而作魯直曰此必吳城小龍女也。詞氣高爽自是不凡所以謂爲龍女然幽艷之至黯然神傷究是靈鬼之作

江亭怨

簾捲曲闌獨倚山展暮天無際淚眼不曾晴家在吳頭楚尾　數點雪花亂委撲漉沙鷗驚起詩句欲成時沒入蒼煙叢裏

湘妃廟女子

未詳此詩選入唐人絕句中詞致灑灑而艷有仙意非尋常粉黛語也以之終卷足爲全集增價

無題

少將風月怨平湖。見盡扶桑水到枯。相約杏花壇上去。畫闌紅子鬥樗蒲。

歷朝名媛詩詞十二卷終

先生選歷朝名媛詩詞鏡之垂竣有客嘲曰以驚才絕調而從事於妍紅媚綠之語得無進續衣而失頻弁助香奩靡曼之波乎先生曰是不然風雅之教始乎閨門學士之工吟半由女子之善懷識明於貞淫之故而慎其采錄一編亦足千古況際右文之代户盡能詩人咸有集何獨夋

于女子遺之夫縟苔芳樹造物之情在焉客乃欽容而退吉蘭而悅之爰濡筆以誌於卷尾受業姪昌吉拜跋

猶憶垂髫時讀葛覃芣苢諸章躍然曰詩教優柔善入故女子皆能之師曰五經咸備女子以傳濟南博士女傳尚書河南女子傳說卦鎦子駿婦女傳左傳韋逞母宣文君傳周禮是不獨秦嘉之妻鮑昭之妹謝遏之姊專工唫事已也然則女子亦偉矣哉晴牕無事展玩此編知絕代佳人即

跋

有國士之風勝於觸熱者之離絕騷雅多矣他日由詩及經芟夷榛莽吾師有鉅責焉棟雖駑下尚思操筆以侍之门人林萬棟謹述

有耀齋王鳳儀刻字

ISBN 978-7-5010-7366-5
9 787501 073665 >
定价：240.00圆（全二册）